Zu diesem Buch

Ich bin Iris. Ich schreibe kurze Geschichten für die Poetry-Slam-Bühne. Dafür dürfen die Geschichten nicht länger sein als sieben Minuten.

Wie ich zu meinen Themen komme?
Ehrlich gesagt: Die Themen kommen zu mir. Ein Satz in einem Gespräch, eine Situation in der Familie, manchmal nur ein einzelnes Wort – schon macht es klick, und das Gedankenkarussell kommt in Schwung. Wie ein leckeres Gericht brauchen Geschichten verschiedene Zutaten: Eine Prise Schmunzeln, eine Portion Überraschung, eine Runde Kopfnicken und viel Applaus und Lust auf mehr davon. Einige Geschichten sind mit einem Augenzwinkern geschrieben (Nasch-katzen/Autofahren), andere mit einem Tröpfchen Wehmut (Wahre Freundschaft), wieder andere in einem Anfall von Empörung und Wut (Eigent-lich/Die Geschichte vom Zappel-Philipp), nicht zu vergessen die ‚Mut-Machen'-Geschichten (Räume für Träume/Der Tiefpunkt). Sie bewegen sich querbeet durchs Leben, jeder findet sich darin wieder.

Die Geschichten haben euch gefallen?
Weitersagen! Ihr könnt mir gerne auf Facebook folgen, mir mitteilen, welche Geschichte euch besonders gefallen hat. Raus damit, wenn Ihr Themenwünsche habt, versprechen kann ich nichts. Aber ich bin offen für alles.

Iris Zeilmann-Wagner

Der Geschichten-Express fährt ein.

Bibliografische Information der Deutschen
Nationalbibliothek:
Die Deutsche Nationalbibliothek verzeichnet diese
Publikation in der Deutschen Nationalbibliografie;
detaillierte bibliografische Daten sind im Internet über
http://dnb.dnb.de abrufbar.

Lektorat: Werner Wagner
Korrektorat: Werner Wagner

Herstellung und Verlag: BoD – Books on Demand,
Norderstedt

ISBN: 978-3-7578-5404-1

Wahre Freundschaft

Wie viele wahre Freunde hab ich wirklich? Genau genommen hab ich viele gute Bekannte, die Freunde kann ich an einer Hand abzählen. Und wo genau liegt der entscheidende Unterschied?

Na dann fahr doch mal mit Bekannten zusammen in den Urlaub, dann wirst du es vielleicht wissen, mit Max und Gabi zum Beispiel. Vier Personen, vier Meinungen. Ihr habt euch gegenseitig genervt, gestresst, gelangweilt, habt euch wegen Kleinigkeiten angeraunzt, euch sind die Gesprächsthemen ausgegangen? Ganz genau – so ist es gekommen! Sie wollen mit dem Motorrad die Insel erkunden, ihr habt gar keinen Führerschein dafür. Lange Gesichter. Sie freuen sich auf einen Abend mit Halligalli, ihr wollt den Sonnenuntergang am Strand mit einer Flasche Wein. Ach so, und was nun? Sie schlafen morgens bis in die Puppen, ihr habt einen Tagesausflug organisiert. Geht gar nicht. Gabi zieht sich dreimal am Tag um, du magst es lieber leger. Das passt einfach nicht. Wir haben es ein zweites Mal probiert, mit Silvia und Jürgen. Lief deutlich besser. Wir konnten gemeinsam planen, genießen, lachen, uns auf Neues einlassen, schweigen, kurz, die Seele baumeln lassen. Dabei haben wir auch einen Blick hinter die Fassade geworfen, unsere eigene Fassade fallen gelassen. Wie wird es nach dem Urlaub weitergehen? Wie werden sich beide Seiten entscheiden? Meiner Erfahrung nach entweder gar nicht oder es war der Beginn einer Freundschaft.

Was man so über Frauenfreundschaften liest, find ich ziemlich kurios, martialisch schon allein durch die Wortwahl. Hört euch das mal an: „Eine Frauenfreundschaft ist wie eine Kulissenwand. Sie fällt um, wenn man sich an sie lehnt" oder „Freundschaft zwischen Frauen ist nur Waffenstillstand, nicht viel mehr als ein Nichtangriffspakt". Ja was für eine verdrehte Idee ist das denn? Okay, wir Frauen haben Kampfgeist, im Job, im Sport und auf der Bühne, da schenken wir uns nix. Aber wir sind doch keine Kampfmaschinen, keine Furien, wir kratzen uns nicht gegenseitig die Augen aus und gehen uns an die Gurgel. Im Gegenteil, Mädels wollen unbedingt eine beste Freundin haben. Das geht auch ganz leicht, wenn man fünf oder fünfzehn ist. Und man muss viele Freundinnen gehabt haben, um im Alter eine zu behalten. Keine Ahnung, warum das so ist. Wege trennen sich eben, aber die Ansprüche an eine Freundschaft werden auch höher. Gleiche Werte und Interessen hast du auch mit Kollegen oder anderen Sportlerinnen, man sieht sich regelmäßig, tauscht sich aus, geht mal einen

Kaffee oder einen Aperol trinken, aber du weißt, dass der Kollege Benno aus der Vertriebsabteilung und die Rosi, deine Partnerin im Ruderclub, nicht deine Freunde sind. Und dass nicht jeder Facebook-Kontakt ein Freund ist, weiß auch jeder. Benno ist ein ausgesprochenes Lästermaul, vor dem ist keiner sicher. Das kann ganz lustig sein, aber eines ist sicher, wenn du ihm den Rücken zuwendest, macht sein Mundwerk auch vor dir nicht halt. Die Rosi wiederum hat ausgesprochene Nehmerqualitäten, lässt sich von dir einladen, borgt sich Geld und Sachen von dir, die siehst du nie wieder. Aber bist du selber mal klamm, geht sie dir wochenlang aus dem Weg. Mit solchen Leuten will ich einfach nicht befreundet sein, oder bin ich etwa zu wählerisch? Ich gebe lieber Oprah Winfrey Recht:

„In der Luxuslimousine fährt jeder gerne mit. Aber du brauchst Menschen, die mit dir Bus fahren, wenn die Limo liegen bleibt."

Auf meiner Wunschliste für die beste Freundin steht auch, sie darf/muss mir immer die Wahrheit sagen. Egal, ob sie das neue Kleid unmöglich, meine Ausdrucksweise ordinär oder meinen Freund langweilig findet. Von ihr will ich die Wahrheit, nichts als die Wahrheit. Bea, meine beste Freundin, braucht übrigens gar nichts zu sagen, und ich hab trotzdem verstanden, so gut kennen wir uns. Aber echte Freundinnen wie Bea sind fast genauso selten wie die große Liebe. Da ist eine Tür zwischen uns, die kann manchmal knarren, sie kann auch mal klemmen, aber sie ist nie verschlossen.

Sind Männerfreundschaften anders als eine Freundschaft zwischen Frauen? Wer weiß denn sowas, als Frau? Männer bezeichnen ihre Freunde gerne als Kumpels, als ,Bro'. Sie treffen sich zu gemeinsamen Erlebnissen, Segeln in Kroatien, Trike fahren zum Biergarten, Rennrad fahren auf Malle, Renovierung des Vereinsheims, Vor-bereitung auf den Triathlon. Stammtische oder das Feierabendbier sind auch so ein Männerding, gerne besucht von Kollegen oder der Mannschaft nach dem Sport. Was bequatschen die da eigentlich so, würde gerne mal Mäuslein sein, um das raus zu kriegen. Von weitem sieht es eher so aus, als würden sie mit ihren Erfolgen prahlen: mein Haus, mein Boot, meine Maschine, meine Eroberungen. Brauchen sie die Anerkennung und die Bestätigung von anderen Männern? Wie gesagt, ich stochere weitgehend im Nebel, die Unterhaltungen kommen sofort zum Erliegen, wenn sich eine Frau nähert. Körperkontakt zwischen Männern siehst du selten, abgesehen von Sportlern nach einem gewonnenen Spiel.

Rudelbildung mit Umarmungen, da schau an, Männer zeigen spontan Gefühle, gefällt mir. Die Verlierer lassen ihren Tränen freien Lauf – gefällt mir auch, ich find das nicht unmännlich. Ihr müsst nicht heimlich weinen, wie das der Grönemeyer in seinem Lied Männer beschreibt. Gibt es überhaupt Vorbilder für echte Männerfreundschaften? Jetzt haltet euch besser fest, mir ist nur eines eingefallen: Winnetou und Old Shatterhand. Die unsterbliche Rothaut und sein weißer Bruder, ein perfektes Gespann, nein, nicht nur Freunde, sondern Blutsbrüder. Aber leider eben nur fiktiv, in einem Buch, geschrieben von einem Typen, der keine Ahnung vom wilden Westen hatte. Tut mir leid, liebe Männer, das war daneben, ihr müsst eure Freundschaften selber gestalten, ich halt mich da raus. Wünsch euch aber viel Glück dabei,

weil sich Freundschaft lohnt!

Geschwister

Kann man eine Geschichte über Geschwister schreiben, wenn man gar keine hat? Also ich kann ja nichts dafür, oder? Ich hätte mir so sehr eine kleine Schwester gewünscht, hat aber nix gebracht. Dabei hab ich alles aufgeschnappt, was ich darüber in Erfahrung bringen konnte. „Storch, Storch Bester, bring' mir eine Schwester." Und dazu sollte ich ein Stück Zucker mit einem rosa Bändchen auf die Balkonbrüstung legen, haben mir augenzwinkernd die Erwachsenen geraten. Aber als ich's ausprobieren wollte, hat Mama gesagt: „Lass das, so ein Quatsch". Sie wollte nicht, dass ich eine Schwester bekam, das war ganz offensichtlich. Erst wollte ich's heimlich probieren, aber dann sind mir Geschichten eingefallen, von Kindern, die ins Heim gebracht werden. Wenn Mama also keine Schwester haben will, dann bringt sie sie vielleicht sofort ins Heim und ich kann gar nichts dagegen machen. Und ich wär Schuld an dem Schlamassel! Versteht ihr jetzt – genau deshalb hab ich keine Schwester bekommen.

Ein Bruder stand nicht zur Diskussion. Mama ist nämlich mal versehentlich rausgerutscht, dass Papa eigentlich lieber einen Stammhalter gehabt hätte, aber dann kam halt nur ich. Obwohl ich keinen blassen Schimmer hatte, was ein Stammhalter ist, war mir klar, Papa hätte gerne einen Jungen gehabt. Und eine Konkurrenz wollte ich mir auf keinen Fall ins Haus holen.

Das Leben als Einzelkind war nicht wirklich gemütlich, immer stehst du im Zentrum der Aufmerksamkeit, ob du willst oder nicht. Lieber nicht, ich weiß, wovon ich erzähle. Und du hast keinen Verbündeten gegen deine Eltern, du kannst sie höchstens gegeneinander ausspielen. Deshalb war ich mir schon immer ganz sicher, ich will mal mindestens zwei Kinder, am besten zwei Mädels. Warum? Na weil ich weiß, was ich mit denen spielen kann, wofür die sich interessieren, wie die ticken.

Prompt kamen dann zwei Jungs auf die Welt, kerngesund und putzmunter, ich hab sie von Anfang an geliebt. Aber da hatten wir nun den Salat, was zur Hölle spielt man bloß mit Jungs? Warum sind die beiden so verschieden, obwohl sie aus dem gleichen Eisen geschmiedet wurden? (Na ja, mit Eisen und schmieden hatte das in Wahrheit nix zu tun.) Warum streiten die sich wie die Bürstenbinder und sind im nächsten Moment Verbündete, weil sie noch nicht ins Bett geschickt werden wollen? In meinem schlauen Erziehungs-ratgeber steht: ‚Geschwister sind die hohe Kunst der Ellbogentechnik', jeder kennt die Schwächen des anderen und weiß, auf welchen Knopf er drücken muss, um den anderen zur Weißglut zu treiben. Und da steht auch „Geschwister sind die einzigen Menschen, über die man sich pausenlos aufregt, aber die man trotzdem liebhat." Oh mein Gott, wie beruhigend, sie lieben sich trotzdem. Genau das hab ich gebraucht, damit ich sie wieder als starkes Team wahrnehmen kann. Kind 1 ist aus den Windeln raus, verschwindet auf die Toilette zum Pinkeln, Kind 2 im Schlepptau. Am nächsten Tag find ich Kind 2 vor der Kloschlüssel, ohne Windel, wie er verzweifelt versucht, zu pieseln wie der große Bruder. Es kann gar nicht klappen, nicht mal auf Zehenspitzen, er ist gute zehn Zentimeter zu klein. Ich muss mir das Lachen verkneifen, gleichzeitig geht mir echt das Herz auf. So funktionieren also Geschwister. Bevor Sohn 1 in die Schule kommt, sollte er schwimmen können. Im Hallenbad betätigt sich Papa als Schwimmlehrer, ich behalt Sohn 2 im Kinderbecken im Auge. Endlich haben es Papa und Sohn 1 geschafft, er schwimmt tatsächlich ohne Schwimmflügel, beide sind stolz wie Bolle. Sohn 2 schaut sich das an, streift unbemerkt die Schwimmflügel ab, hüpft beherzt ins Wasser und – geht unter wie ein Stein. Wer ist zuerst zur Stelle und zieht ihn raus? Der große Bruder! Wie sich herausgestellt hat, dachte der Kleine: „Was der Große kann, das kann ich auch!" Was soll ich sagen, ich war megastolz – auf alle beide, was für ein tolles Team, wenn es drauf ankommt.

Hört Geschwisterliebe jemals auf? Davon kenne ich leider viele Bespiele, es sind nicht nur Einzelfälle. Aber was ist der Auslöser dafür? Sie wählen verschiedene Berufe, die sie Gott weiß wohin verschlagen. Aber das muss ja noch gar nix heißen, es sei denn sie werden Polizist und Krimineller. Sie wählen eine Lebensgefährtin, heiraten in eine andere Familie hinein. Da wird's schon heikel – die beiden Frauen haben sich ja nicht ausgesucht. Kann gut sein, dass sie sich nicht gut verstehen, das kann zum Bruch führen. Wenn das Band zwischen den Geschwistern das aushält, dann ist Blut tatsächlich dicker als Wasser. In Asien sagt man „Miteinander verwandt sein genügt nicht. Man muss auch miteinander essen." Ok, die Mama hat verstanden, lad' sie zum Essen ein, bring' sie alle an einen Tisch. Solange sie den Mund voll haben, kommt schon mal kein Streit auf und mit vollem Bauch streitet eh keiner. Dafür kommst du beim Kochen gerne ins Schwitzen, Sauerbraten und Knödel für die einen, Spätzle und Pilzrahmsoße für die anderen, als Nachspeise Mousse au chocolat und Pannacotta mit Erdbeersoße. Im Anschluss eine Partie

Tischtennis, Anekdoten aus der gemeinsamen Kindheit. Soweit, so gut.

Freunde von mir behaupten, dass sich erst dann zeigt, ob sich Geschwister wirklich lieben, wenn die Erbteilung ansteht. Deshalb hat deren Mama ein einfaches Verfahren erfunden. Sie klebt fleißig Blabbala mit dem Namen des Kindes, das die Sache erben soll, auf Gegenstände. Das Silberbesteck, die wertvolle Pendeluhr, ihr Schmuck – alles voller Blabbala. Immobilien, Grundstücke, Fahrzeuge, ne kane Blabbala, alles im Testament geregelt, von allen Kindern gegengezeichnet. Keine Zwietracht nach ihrem Tod, das ist ihr wichtig. Sie wird in diesem Jahr 90, ob es so klappt, wie sie sich das vorstellt, kann ich euch nicht sagen. Aber wenn, geh ich sofort los und kauf alle Blabbala auf, die ich kriegen kann. Mit Blabbala gegen Streit unter Geschwistern, Lösungen können manchmal so einfach sein.

Woanders

Bist du schon mal in einem gut besuchten Lokal gewesen und es war niemand da? Ich meine, wirklich da, nicht nur körperlich anwesend. Da sitzen sie, die Gäste, mit der Familie, mit Freunden, mit Kollegen, starren auf ihr Handy, tippen und empfangen Botschaften, w o r t l o s, mit ihrer Aufmerksamkeit ganz woanders. Na schön, immerhin ist es angenehm ruhig, du fängst automatisch an zu flüstern, wenn du mit den Kindern sprichst. „Mama, dürfen die das", fragt dich Kind 1 und deutet auf den Nachbartisch. Sechs Menschen, die mit ihrem Handy beschäftigt sind. Und du hast den Kindern strengstens verboten, während des Essens das Handy auch nur anzulassen. So ein Businesstyp am anderen Tisch hat grade angefangen zu essen, die Gabel in der einen, das Handy in der anderen Hand. Merkt der überhaupt noch, was er da in sich hinein-schaufelt? Kind 2 beobachtet ihn fasziniert und kichert los, als dem Typen eine volle Gabelladung auf die Hose klatscht. Wegschauen hilft nicht, wir haben's ja schon gesehen. So ein klitzekleines bisschen Schadenfreude macht sich breit, dein ‚ätsch' verkneifst du dir.

Wenn du mit dem Kopf ganz woanders bist, passieren die merkwürdigsten Dinge. Meine

Freundin Gisi ist keine Freundin von To-do-Listen, sie hat alles im Kopf. Soweit so gut. Bevor sie zu Hause losfährt, geht sie im Kopf noch mal ihr Tagesprogramm durch, während sie in die Schuhe schlüpft. Als du sie beim Einkaufen triffst, fällt dein Blick auf ihre Schuhe. Diesen Trend kennst du noch nicht, sie hat zwei verschiedene Schuhe an. Ne, nicht zwei linke, das wär ihr beim Reinschlüpfen aufgefallen. Einen linken und einen rechten, aber eben verschiedene. Sie folgt deinem Blick und wechselt alle Farben. So was ist ihr noch nie passiert. Sie wünscht sich woanders hin, nur weit, weit fort. Deine eigenen ,Woanders-Momente' fallen dir umgehend ein. Schlüssel, Handy, Brille sind immer woanders. Wieviel Lebenszeit hast du bereits verschwendet auf der Suche nach diesen Gegenständen. Besonders schräg wird es, wenn du die gesuchte Brille bereits auf der Nase hast. Also bitte eine Portion Mitleid mit uns! Sind wir nicht alle ein bisschen ,woanders'?

Menschen mit Fernweh sind wohl die allerärmsten Schweine, die wünschen sich doch tatsächlich ihren Körper anderswohin. Sind ständig auf der Suche nach Orten weit weg von ihrem Zuhause, ihrem Wohnort, ihrem Land. Auf der Suche nach mehr Sonne, mehr Bergen, mehr Meer, mehr Exotik und Erotik, mehr Abenteuer. Sie sind überzeugt, nur dort können sie durchatmen, etwas erleben oder auch zur Ruhe kommen. Ihre Wunschliste mit Reisezielen ist ellenlang, immer woanders, nie am Ziel. Weil sie ihre Erwartungen, ihre Hoffnungen, ihre Belastungen, ihre Unzufriedenheit überall hin mitnehmen und wieder nach Hause zurückbringen? Bettler in Indien, schlechte Transportmöglichkeiten in der Inneren Mongolei, Verkehrschaos in Indonesien, Giftschlangen in Australien, Warteschlangen vor dem Petersdom, Touristenmassen in Venedig, Erdbeben in der Türkei, Unruhen in Israel, Bergtouren auf den Himalaya ausgebucht – das andere ,woanders' hat so seine Tücken. Und wenn sie dir dann noch von Ungeziefer in Hotelzimmern, Abzocke am Strand, Discolärm bis spät in die Nacht erzählen, willst du eigentlich gar nicht mehr woanders hin. Immerhin gibt es überall Burgerketten, verhungern musst du also nicht. Denn ein ordentliches Schnitzel kriegst du anderswo nicht, das kriegen die einfach nicht hin! Jetzt bloß nicht so was sagen wie „ja mei, dann bleibst halt da", so was kann nur von einem vertrotteltem Provinzler kommen. Frag stattdessen lieber, ob sie schon mal den Rhein entlang geradelt sind oder eine Flusskreuzfahrt auf der Mosel gemacht haben. Meer und Berge gibt im eigenen Land übrigens auch, warum denn in die Ferne schweifen, das Gute liegt ganz nah.

Die radikalen ‚Woanders'-Menschen brechen ihre Zelte dagegen ganz und gar ab, sobald sie ihr Traumziel gefunden haben. Sie kündigen Job und Wohnung, verabschieden sich von Familie und Freunden und fangen woanders noch mal von vorne an. Mutig, mutig, das ist ein Sprung ins kalte Wasser, all in. Egal, ob du es als zweite Chance siehst oder als Midlife-Crisis, ob als Erfolgsmodel oder als Weg zum grandiosen Scheitern, Hut ab vor diesem Entschluss. Du weißt genau, was du aufgibst, kannst aber nicht sicher sein, was du gewinnst. „You've got to risk it, to get the biscuit", sagt man in Amerika. Die müssen das wissen, für die ersten Siedler war Amerika woanders, genau genommen ist Amerika das typische Woanders-Land.

Am liebsten würden wir die Augen verschließen vor dem ‚düsteren' woanders. Menschen verlassen ihre Heimat, weil sie von Naturereignissen bedroht sind, verfolgt werden wegen ihrer Proteste gegen Missstände, wegen ihrer sexuellen Orientierung oder ihrer religiösen Überzeugungen. Sie haben keine Wahl, nur ‚woanders' können sie in Sicherheit und Würde leben.

Wir lesen von Kindern, die vom Jugendamt vor ihren Eltern in Sicherheit gebracht werden

müssen. In einer Pflegeeinrichtung, bei Pflege-
eltern leben sie in einem stabilen Umfeld, für kurze
Zeit, für längere Zeit oder für immer. Von den
Eltern wurden sie vernachlässigt oder miss-
handelt, oder wie es im Amtsdeutsch heißt: „Das
Kindeswohl wurde vernachlässigt oder bedroht".
Eine Kindheit woanders ist ihre einzige Chance,
was für eine traurige Wahrheit.

Woanders – verbirgt sich dahinter die Suche
nach dem Paradies? Fragt sich nur, ob wir es
jemals finden, und ich meine – noch zu unseren
Lebzeiten.

Räume für Träume

Auf der Autobahn von Bochum nach Nürnberg, eine Baustelle nach der anderen, langweilig. Plötzlich taucht rechts ein großes Gebäude mit der Leuchtreklame ‚Räume für Träume' auf. Das reißt mich aus der Lethargie. „Da schau mal an, ein Puff direkt an der Autobahn, was für ein poetischer Name", denk ich spontan. Oh Gott, wie komm ich jetzt ausgerechnet auf ein Freudenhaus? Was sagt das über mich? Ahh, hat bestimmt was damit zu tun, dass ich mir vor zwei Tagen in Köln das Musical ‚Moulin Rouge' angeschaut hab. Gigantisch, das ganze Theater gestaltet wie ein Freudenhaus, ganz in verruchtem Rot. Muss mein Unterbewusstsein in maximale Wallung gebracht haben. Zack, ich dreh mich nochmal um, zu dem Autobahnpuff. Ne, es handelt sich um ein Ausstellungshaus für Schlafzimmerausstattung. Mal ehrlich, so ganz daneben lag ich doch gar nicht.

Räume für Träume, ich träume weiter, die gibt's doch! Ihr habt bestimmt schon von diesen Freiluftfanatikern gehört, die zum Waldbaden rausgehen. In der Stille des Waldes kriegen sie den Kopf frei, tanken Kraft und lassen die Gedanken fließen. Sie umarmen Bäumen, schließen die Augen und lassen den Träumen Raum. Zugegeben, das hört sich für mich ziemlich esoterisch an, aber die Anhänger schwören drauf. Und nur weil die Wirkung nicht direkt messbar ist, heißt das nicht, dass ich es nicht irgendwann mal ausprobieren werde.

Wenn mir die Welt um mich herum zu laut und zu schnell wird, hab ich einen wunderbaren Rückzugsort, ich setz mich einfach für ein Viertelstündchen in eine leere Kirche. Die plötzliche Stille schafft Raum für deine eigenen Gedanken, du gleitest weg in die Traumzeit, schließt die Augen, bist ganz für dich, ganz bei dir. Eine Andacht ohne Text, ohne Predigt, nur der riesige Raum und du mit deinem eigenen Text im Kopf. Hat nix mit Religion zu tun, bei mir jedenfalls, oder vielleicht doch? Können Räume eine bestimmte Magie, eine eigene Energie ausstrahlen? Egal ob es der Wald oder die Kirche ist?

Ich verlasse mich immer auf meine eigenen kleinen Fluchten ins Reich der Träume. Mit einem Kinobesuch tauche ich ein in einen fix und fertigen Traum. Ich habe teil an Erlebnissen und Erfahrungen, an Schicksalsschlägen und Heldentaten außerhalb meiner eigenen Welt. Mit Mr. Bond in seine Little Nelly steigen, mit den Dienstagsfrauen auf dem Jakobsweg laufen, im

Bus sitzen bei Speed und von einem Brückenende zum anderen fliegen. Ich leide mit, verstehe, halte die Luft an, halt mir die Augen zu, seufze erleichtert auf, verdrücke ein Tränchen, lach mich schlapp und atme auf bei jedem Happy End. Und am Ende, aus der Traum, Licht an, die Realität ist zurück. Die ersten Zuschauer machen sich schon auf den Weg Richtung Ausgang, bei mir läuft der Film noch weiter, die Putzkolonne treibt mich schließlich raus.

Alles ist möglich, wenn du träumst, du überwindest Zeit und Raum, an Logik bist du nicht mehr interessiert. Hast du schon mal einen Katastrophenfilm angeschaut, mit den Helden den Rettungsplan ausgearbeitet, während neben dir einer sitzt, der dir ständig erklärt, warum der Plan schon rein aus physikalischen Gründen nicht funktionieren kann. Oder warum dein Held doch eine weitaus bessere Chance mit einer anderen Strategie gehabt hätte? Für diesen Realisten erntet der Film nur Kopfschütteln, begleitet von halblauten Kommentaren. Für den Träumer, also für mich, extrem nervig, so was versaut dir den ganzen Film, zerstört den Traum. Liebesfilme? Überlegt euch gut, mit wem ihr einen Liebesfilm anschaut. Während Frauen zu Tränen gerührt zum Taschentuch greifen, gehen die Kerle meist ungerührt zur Tagesordnung über. „Was hast du denn?" fragt er dich, und du denkst nur: „Das war so schön, so traurig, davon werde ich bestimmt heute Nacht träumen." Na schön, er hätte natürlich lieber, dass du von ihm träumst, das ist dir schon klar. Hättest du den Film bloß mit einer Freundin angeschaut, dann hättet ihr noch ein kleines Bisschen weiter träumen können.

Gibt es eigentlich noch diesen alten Hollywood-Schaukeln, kennt ihr die noch? Da kannst du dich wunderbar reinlümmeln und ganz sanft schaukeln, bis dir die Augendeckel zufallen. Schon bist du im Reich der Träume angekommen, wenigsten solange die Ameisen nicht ein Rennen auf deinen Armen und Beinen veranstalten. Oder du nimmst ein Buch mit auf die Schaukel und versinkst in eine traumhaft schöne Geschichte. Dann stellst du noch die Ohren auf Durchzug, kein Telefon, kein Kindergeschrei, kein Klingeln an der Haustür. Mama in der Schaukel, das heißt so viel wie ‚Bitte nicht stören, solange kein Blut fließt, der Keller nicht voller Wasser läuft oder ein Brand ausbricht.' Lasst Mama doch mal ein Stündchen träumen, dann ist sie wieder fit für euch. Ihr wollt doch auch nicht jäh aus dem Schlaf, aus euren Träumen gerissen werden. Und wo findet man euch, wenn ihr mal ungestört vor euch hinträumen, pardon, chillen wollt? Im Baumhaus, das Papa vor Jahren für euch gebaut hat? Im Zelt, das den ganzen Sommer über im Garten steht? In eurem Zimmer, bei höllisch lauter Musik? Ja, chillen heißt das heutzutage, hab ich gelernt. So ganz genau weiß ich natürlich nicht, was genau das ist. Jedenfalls tut man nichts Bestimmtes, macht es sich bequem, trinkt was Leckeres und mümmelt so vor sich hin. Eltern sind nur Störfaktoren! Na also, was sag ich denn, die jungen Leute brauchen eben auch ihre Räume zum Träumen, es muss nur ein bisschen peppiger heißen.

Time over mit meiner Traumgeschichte

im Raum der Träume – wo immer Du bist!

Eigentlich....

.... Wolltest du die Kinder nicht so anschreien

.... wolltest du wirklich pünktlich sein

.... wolltest du das letzte Glas Wein nicht mehr trinken

.... wolltest du heute Sport machen

.... solltest du wieder mal was mit der Familie unternehmen

Und immer geht es mit ‚aber' weiter. Andere sind schuld: die Arbeit, ein Anruf, höhere Gewalt. Immer kommt was dazwischen, immer ist was anderes wichtiger, immer hast du letzten Endes keine Lust, keinen Nerv, keine Zeit. Du musst dich laufend entschuldigen, Ausreden erfinden, es wieder gut machen. „Was glaubst du, Michi, wie lange dir die anderen das noch durchgehen lassen, deine Kollegen, deine Freunde, deine Familie?" konfrontiert ihn Klaus.

„Mr. Eigentlich, aber" – ich bin dein bester Freund, ich werd' jetzt mal Klartext reden, dir den Spiegel vorhalten. Wer, wenn nicht ich? Also lass mich mal ausreden. Wenn du dann was zu sagen hast, bitte schön. Aber kein ‚eigentlich' mehr, sonst bin ich weg. Michi, wieviel Zeit verbringst du mit deiner Frau? Mal abgesehen von Absprachen darüber, wer die Kinder abholt, wer den Einkauf erledigt und wer das Auto auftankt? Weißt du überhaupt noch, was sie sich wünscht? Welchen Film würde sie sich gerne mit dir zusammen anschauen? Wohin würde sie gerne in den Urlaub fahren? Was sind ihre Lieblingsblumen? Sie verbringt ihre Zeit mit Yogakursen, als Lesepatin für Grundschüler, singt im Kirchenchor, hat den Garten neu angelegt, lernt italienisch. Sie führt ihr Leben, du führst deines – habt ihr noch ein gemeinsames? Hast du dir die Ehe so vorgestellt? Dein bester Freund Uli hat vorgeschlagen, dass du sein Trauzeuge wirst, und du hast zugesagt. Und wie hast du ihn unterstützt? Gar nicht!! Stattdessen ist dir vierzehn Tage vor der Hochzeit eingefallen, dass du an diesem Tag Redner auf einem Kongress sein wirst. Ups, sorry, sowas kann ja mal passieren. Schwamm drüber. Dein Großer, das Mathe-Ass, hat einen Wettbewerb gewonnen. Ja, ja, du bist stolz auf ihn, aber wo warst du, als ihm der Preis verliehen wurde? Ich könnte so weiter machen, Michi, oder dich einfach als Arschloch beschimpfen. Wenn du empört bist, weil ich mich einmische, dann bist du eben empört. Freunde mischen sich nun mal ein, wenn Dinge schief laufen. Und jetzt kriegst du mein ‚eigentlich': Eigentlich bist du ein klasse Typ, einer zum Pferde stehlen. Eigentlich hattest du dein Leben im Griff, bis du zu Mr. Eigentlich mutiert bist. Dann hab ich dieses uralte Lied gehört, „Jessas san die Männer dumm". Und rat mal, wer mir da zuerst eingefallen ist. Jetzt kriegst du noch ein eigentlich: Eigentlich bist du nicht dumm. Das ist die gute Nachricht. Du kannst was ändern, das Ruder rumreißen. So, ich habe fertig.

Michi schweigt, hebt hilflos die Hände, atmet tief durch, öffnet den Mund, setzt zum Reden an und ..... schweigt. Harte Kost unter Buddys! Ohne Zuckerguss obendrauf!

„Michi, du bist einfach nur irgendwann, irgendwo falsch abgebogen. Das ist kein Weltuntergang, passiert jedem von uns. Wenn du's erkennst, kommst du aus der Nummer auch wieder raus. Nur wenn du dich bewegst, kannst du was verändern. Und statt den alten Stiefel weiterzumachen, lauf doch mal in den Schuhen eines anderen." ‚Gehe hundert Schritte in den Schuhen eines anderen, wenn du ihn verstehen willst', sagt ein indianisches Sprichwort. Du brauchst einen Perspektivenwechsel, du musst die Emotionen deiner Freunde, deiner Familie wahrnehmen. Was siehst und hörst du? ‚Wir lieben ihn immer noch, aber er ist ein Stinkstiefel geworden. Wir haben ihn nicht aufgegeben, aber er denkt nur an sich. Wenn er so weitermacht, hat er bald keine Freunde mehr. Fett und träge ist er geworden, wo ist der alte Michi geblieben. Jemand müsst ihm mal einen Arschtritt geben.'

Diese Stimmen in seinem Kopf machen Michi fertig, sie verstummen nicht, lassen sich nicht verdrängen. Der Tritt in den Hintern, den er von Klaus bekommen hat, schmerzt auch noch immer. Michi legt los, eine Verabredung mit Klaus zu einer gemeinsamen Laufrunde. War doch gar nicht so schwer, nach den Laufschuhen suchen, Klaus anrufen, morgen Abend laufen gehen. „Auch wenn es regnet?" hakt Klaus nach. Ganz sicher! Nächster Schritt: für den Samstag einen Tisch beim Italiener reservieren für zwei Personen. Susi kann gleich auf Italienisch bestellen, das müsste ihr eigentlich, pardon, wirklich Spaß machen. Und was hat sie neulich von diesem neuen Parfum erzählt? Michi hat nur mit einem Ohr zugehört, aber die Tochter erinnert sich vielleicht. Tut sie nicht, auch gut, man muss ja nicht gleich übertreiben. Am Ende glaubt Susi noch, er hätte ein schlechtes Gewissen wegen einer Affäre. Allein vom Planen bekommt Michi gute Laune wie schon lange nicht mehr. Und beim Italiener wird er schon rausfinden, welchen Film sich Susi anschauen möchte. Hoffentlich kein Schmachtfetzen, er würde nämlich wirklich gerne mitgehen. Es bewegt sich was bei Michi, vom ‚eigentlich' zum wirklich, hat Klaus festgestellt. Wir verändern uns nicht automatisch im Laufe der Zeit, sondern in der Zeit, in der wir laufen. Deshalb gehen sie miteinander laufen, dreimal pro Woche, wirklich.

Nur Mut, dann geht alles gut!

Ich muss gar nicht lang überlegen, wann ich das letzte Mal richtig mutig war. Das war, als ich beschlossen habe, mit meinen Texten auf die Slam Bühne zu gehen. Und Ihr fragt jetzt im Ernst, was denn daran so mutig ist? Texte schreiben, auswählen, präsentieren, den Vergleich mit den Texten der Mitstreiter aushalten, sich der Bewertung des Publikums stellen und das, obwohl ich schon auf den ersten Blick so gar nicht zur Slammergeneration gehöre. Dann stehst du da oben mit deinem Text, greifst zum Mikro, schiebst die Angstwolke beiseite und legst los. Gute Freunde hatten den besten Mutmachsatz für mich: Wenn dich der Mut verlässt, dann geh einfach allein weiter. Und dann stehst du da oben, ganz allein.

Nur Mut, dann geht alles gut!

Bei dem Publikum sowieso!

In Märchen, Sagen, Büchern und Filmen trifft das jedenfalls zu. Wer war die mutigste Heldin meiner Kindheit? Das war Pippi Langstrumpf. Ihr Motto: ‚Das hab ich noch nie vorher versucht, also bin ich völlig sicher, dass ich es schaffe.‘ Wie hab ich sie beneidet, weil sie mit so viel Mut und Selbstvertrauen durchs Leben geht. Der beste Beweis dafür, dass Mut keineswegs ausschließlich männlich ist. Helden und Heldinnen werden ja nicht als solche geboren, sondern zeigen Mut und übernehmen Verantwortung inmitten einer gefährlichen Lage. Kann ich meine eigene Angst überwinden, oder verlässt mich der Mut, wenn es drauf ankommt?

Nur Mut, dann geht alles gut!
Bei Pippi Langstrumpf zumindest.

Ganz ehrlich, zu den todesmutigen Adrenalinjunkies gehöre ich nicht, da muss ich passen. Bungee Jumping, Paragliding, Fallschirmspringen – so viel Mut, so viel Risikobereitschaft bring ich dann doch nicht auf. Mit Höhenangst in ein Riesenrad zu steigen ist schon eine Mutprobe. Genauso wie Aussichtsplattformen, die ziehen Touristen an wie Magnete, bieten einen atemberaubenden Blick ins Land. Für mich ist nach dem Aufstieg Schluss, auf das i-Tüpfelchen der Rundum Aussicht muss ich verzichten. So gar kein Mut? Doch, bin trotz Höhenangst ins Flugzeug gestiegen, ganz ohne Medikamente, hab mich für den mittleren Sitz entschieden. Überraschung, konnte sogar vorsichtig durchs Fenster nach unten schauen. Was für eine Erleichterung, keine Panikreaktionen wie befürchtet.

Nur Mut, dann geht alles gut!
Ganz überraschend!

An der Schwelle zum Erwachsenwerden seinen Mut zu beweisen gehört in einigen Eingeborenenvölkern dazu. Wir haben keine verbindlichen Initiationsrituale mehr. Suchen sich Jugendliche deshalb ihre eigenen Mutproben, risikobereit, todesmutig? Sie klettern auf Züge, springen von Flussbrücken, liefern sich Autorennen, schlagen grundlos Passanten nieder, betreiben Martial Arts. Mit welchem Ziel, fragst du dich? Es macht sie nicht erwachsen, es führt sie nicht zu entscheidenden Erkenntnissen. Ist es ein Kampf gegen den Gegenspieler von Mut, gegen die Angst, gegen die Feigheit? Ist es ihre Sehnsucht nach dem Status des Helden?

Nur Mut, dann geht alles gut?
Von Helden- oder Todesmut ist hier nicht die Rede!

Altern, sagt man, ist nichts für Feiglinge. Du sitzt öfter im Wartezimmer eines Arztes, als dir lieb ist. Ständig zwickt es irgendwo. Was früher von selbst gekommen und von selbst wieder gegangen ist, quält dich hartnäckig, der Rücken, die Gelenke. Die Ohren und die Augen leisten nicht mehr das, was du gewohnt bist. Die inneren Organe spielen immer mal wieder verrückt. Und wenn du in den Spiegel schaust, oh mei. Das Haar grau, wenn überhaupt nicht welches da ist, Falten über Falten. Soviel kannst du ein Leben lang gar nicht gelacht haben, um sie als Lachfalten zu bezeichnen. Dafür hast du plötzlich jede Menge Zeit zur Verfügung als Rentner: Kannst außerhalb der Hauptsaison verreisen, alte und neue Hobbies pflegen, Freundschaften wiederbeleben, ehrenamtliche Aufgaben übernehmen, Zeit mit deinem Partner verbringen. Dabei ist dir immer bewusst, dass die vor dir liegende Zeit begrenzt ist. Du fragst dich immer öfter, wie lange du das Glück haben wirst, zu zweit durchs Leben zu gehen. Wirst du mit dem Tod des Partners auch den Lebensmut verlieren? Nichts wird jemals wieder so sein wie vorher, du könntest alleine zurückbleiben. Bei dem Gedanken droht mich der Mut zu verlassen, ich schieb ihn weg.

Nur Mut, dann geht alles gut!

Man muss nur dran glauben.

Wer weiß denn sowas?

Verschwundene Wörter und Bräuche

Allenthalben für Großjährige, schnurrig, sintemal voller Kurzweil. Braucht ihr einen Übersetzer? Eure Mütter oder Großmütter – je nachdem zu welcher Generation ihr gehört – wüssten sofort Bescheid. Für sie wär's nur ‚eine frappierende Lustbarkeit, zuvörderst zur Pläsentarie' (ein überraschender Zeitvertreib, in erster Linie zur Belustigung).

Beim gemütlichen Ratsch purzelt sowieso das eine oder andere lustige Wort raus. Wenn Oma beichtet, dass Opa in seiner Jugend ein ziemlicher Hallodri gewesen ist, ahnt ihr vielleicht was. Er hat halt einfach nichts anbrennen lassen. Ein Womanizer heißt das auf Neudeutsch, zur Not auch ‚Weiberheld'. Aber dann ist aus dem Zigarrettenbürscherl doch noch was geworden. Aha, man ahnt es, Opa hat schon als Teenager geraucht. Kürzlich hat sie erzählt, dass sie weiland, als Maid, als Mamsell gedient hat, bevor sie spornstreichs geheiratet hat, rechtzeitig vor der Niederkunft.

Wer weiß denn sowas?

Mama muss übersetzen, Oma hat früher, als junges Mädchen, als Haushaltshilfe gearbeitet und

34

rechtzeitig vor der Geburt ihres Kindes geheiratet. Diesen Teil von Omas Geschichte hast du noch nicht gekannt, damit rückt sie nur nach einem Gläschen Sherry raus. Olala, Opa hat sie also geschwängert, noch bevor sie verheiratet waren. ‚Ja, ja,‘ sagt Mama grinsend, ‚ich war so ein typisches Sieben-Monats-Kind‘ und du hast immer gedacht, das wär nur ein anderer Ausdruck für eine Frühgeburt.

Wer weiß denn sowas?

Oma schwelgt weiter in ihrer ganz persönlichen Liebesgeschichte. ‚Meine Eltern warn erst gar net so begeistert von meim Galan. Ein Tunichtgut is er, aber halt a Charmeur, immer mit Diener, Handkuss und Pralinen.‘ ‚Echt jetzt, Opa hatte einen eigenen Diener. Davon habt ihr noch nie erzählt.‘ Mama lacht sich schlapp, sie muss schon wieder übersetzen. Manche Wörter ergeben zwei Generationen später schon gar keinen Sinn mehr.

Wer weiß denn sowas?

Männer haben sich zur Begrüßung von Respektspersonen verneigt, Frauen wurden mit Handkuss begrüßt. Echt jetzt, wer weiß denn sowas? Gott sei Dank macht Oma einfach weiter mit ihrer Geschichte. Ihre Aussteuertruhe war eh bereits voll bestückt und sobald sie gebeichtet hatte, dass sie guter Hoffnung war, wurden die Küchlasbäckerinnen und der Hochzeitslader bestellt. Gepoltert wurde ausgiebig, nur Porzellan und Steingut versteht sich. Am Tisch des Herrn in Mamas Puffärmel Brautkleid hat Oma dann Ja gesagt, ganz laut, damit es alle hören. Dann wurde ihr ganz schön blümerant vor Aufregung und beim Gedanken an das Ungeborene. Alles gut, jetzt war sie ja unter der Haube, wie sich das gehört, es würde keinen Bastard in der Familie geben.

Wer weiß denn sowas?

Um Himmels Willen, Mama wäre um ein Haar ein Bastard gewesen? Ist schon ein hässliches Schimpfwort für ein uneheliches Kind. Aber da waren die Leut' unerbittlich, entweder heiraten oder mit der Schande leben? Oma nickt, ja so war das. Aber in ihrem Fall, jung gefreit, nie gereut! Opa ist nie nebennaus gangen, aus dem Schwerenöter ist ein ganz passabler Ehemann und Papa geworden. Bei ihrer Hochzeit ist Oma 19 Jahre gewesen, erfahr ich so nebenbei. Mensch Oma, du hast ja gar keinen Spaß gehabt, nix Chilliges, keine Partys, kein Kino, keine Trips irgendwohin, nur kochen, waschen, Windeln wechseln. Jetzt schaut Oma überrascht.

Wer weiß denn sowas?

Nix Chilliges, was moanst du, du Dreikäsehoch? Wo hätt' ich denn mit vier klanna Kinder hiegehn solln? Die hab ich zu anständigen Menschen erzogn, abends war ich bloß noch kaputt. Und überhapt, welche Partys denn, ka Mensch is zu Partys ganga, so was hots net gebn. Aber gfeiert hamma, gfeiert wie die Bürstenbinder, da hat sich nix gfehlt. Opa wor a begabter Tänzer, tanzt hat der – wie der Lump am Stecken. Do host du deine Partys, Alkohol is gflossen, ich sag's dir. Opa konnt bechern wie a Haderlump, jeds Mal mit am fürchterlichen Kater am nächsten Morgen. Grad schee war's, des kannst ma glabn. Und warum hätten mir denn ins Kino gsollt, Opa hat a Fernsehgerät kauft, die Nachbarn sind zu uns komma zum Schauen. Des war unser Kino, zammsitzen im Wohnzimmer, mit Knabberzeug und Eierlikör. Nach die Nachrichten hamm alle ihrn Senf dazugebn, weil die Welt immer verrückter worn is. Die Männer ham graucht wie a Schlot, Reval, HB und Marlborough, gstunken hats am nächsten Tag wie net gscheit, aber schee wors trotzdem.

Wer weiß denn sowas?

Was hab ich mich plagen müssen, bis ich die Mama endlich auf die Welt bracht hab. Der Opa hat scho gmoant, des wird nix mehr. Und dann war's a Madla mit pechschwarze Hoar, a klana Prinzessin, unser Dora. So hammas gnannt nach ihrer Patin. Der Opa hat am Stammtisch a Rundn gschmissen, aber die hamm ihn gscheit aufzogn. Büchsenmacher hamms ihn gnannt, weils ka Bua worn is. Aber wos net is, konn ja no wern.

Oma ist einfach die Beste. Warum gibt's eigentlich keinen Omatag? Ich sollte ein Buch über sie schreiben, damit nichts verloren geht von ihrer Lebensgeschichte. Für heute derweil der Slamtext.

Sprache

Mich hat's zum Glück mit deutsch erwischt, als Muttersprache mein ich, sonst müsste ich mich ganz schön abplagen. Mit drei Artikeln – der, die, das – das muss einen doch in den Wahnsinn treiben!

Eigentlich hab ich immer gedacht, ich sprech reinstes Hochdeutsch, also quasi Schriftdeutsch. Bis Leute aus Köln oder aus Dresden mir auf den Kopf zugesagt haben, dass ich aus Franken komm. Etzatla war ich bladd, woran haben die des gmerkt? Am ,r' halt hamms gmeint. Is ja ka Schand net, gell, ich bin ja wergli a Frängin. Und an Saxn oder an Kölna kennat i a glei.

Wie lernt man denn eigentlich sprechen als Kind? Ich hätte da zwei bis drei Geschichten auf Lager, die mich umgehauen haben. Baut sich so ein zweijähriger Zwerg vor mir auf und sagt 'Brumm Brummeline'. Hey, denk ich, ich war doch überhaupt nicht brummelig zu dir, das versteh ich nicht. Da nimmt sie mich an die Hand, steuert mit mir die Küche an, zeigt mit ihrem kleinen Finger auf den Themomix und wiederholt freudestrahlend ,Brumm Drummeline'. Ah, na klar, so klingt die Küchenmaschine für sie, ganz schön erfinderisch. Mit vier Jahren kehrt sie zusammen mit Opa die Terrasse und berichtet mir stolz wie Oskar, dass

39

sie jetzt mit Opa gründlich ,gebest' hat. Loben und/oder verbessern? Hab mich für viel loben und ein bisschen verbessern entschieden und das sollte noch öfters passieren. Für einen Spreisel will sie eine ,Prinzette' haben, sie ,stande' ganz lang an einer roten Ampel und im Dezember will sie Plätzchen ,bäckern'. Sind alles nur harmlose Kleinigkeiten, das kriegt man schon hin. Aber mit der Zeit haben wir festgestellt, dass sich ein Aussprachefehler eingeschlichen hat, sie konnte kein ,sch' sprechen. Das war so süß, als sie gesagt hat ,so ein söner Swan'. Aber was bei einer vierjährigen süß klingt, würde bei einem Schulkind nicht mehr so gut ankommen. Sollen wir sie immer wieder verbessern oder reagiert sie dann einfach nur bockig? Da musste dann ein Fachmann ran, der hat wochenlang daran gearbeitet, bis der Fehler verschwunden war. Er hat uns sehr gelobt, weil wir nicht lange abgewartet haben, ob er von selber verschwindet. Selbst die Muttersprache beherrscht man nur, wenn man daran arbeitet.

Und dann hat uns der liebe Gott auch noch das Problem mit den Fremdsprachen aufgehalst. Wusstet ihr nicht, glaubt ihr nicht? Im Alten Testament gibt es diese Geschichte vom ,Turmbau zu Babel', die geht in etwa so: Die Menschen sind immer überheblicher geworden. Sie wollten einen riesigen Turm bauen, um Gott zu beweisen, dass sie jeder Zeit bei ihm anklopfen können. Zur Strafe für so viel Hochmut hat dieser die Kommunikation zwischen ihnen blockiert. Plötzlich sprach jeder in einer anderen Sprache, sie verstanden sich nicht mehr und mussten ihr Projekt aufgeben. Eine der schlimmsten Katastrophen der Menschheit, andererseits war damit der Beruf des Fremdsprachenlehrers und Übersetzers geboren. Die leben davon, uns einen Zugang zu einer fremden Sprache und Kultur zu öffnen. Und das geht ungefähr so wie beim Kuchenbacken: Erst mal brauchst du die entsprechenden Zutaten, das entspricht den Wörtern der fremden Sprache. Dann brauchst du das Rezept, das dir erklärt, was du mit deinen Zutaten anstellen sollst, das entspricht der Grammatik der fremden Sprache. Nur beides zusammen ergibt den Kuchen bzw. einen verständlichen Satz. Ob sich jemand leicht tut mit den Fremdsprachen, hängt irgendwie mit den Gehirnhälften zusammen. Da sitzen die Sprachen in der einen, Mathe in der anderen, das müssten sich die Lehrer nur mal klarmachen! Poetryslammer sind die Sprachakrobaten, die gewinnen mit Mathe sicher keinen Blumentopf, ist einfach so, Punkt!

Vorsicht, ein Sprachakrobat ist nicht dasselbe wie ein Phrasendrescher, die gibt's aber auch. Laut Duden sind das Personen, die wohltönende, aber nichts sagende Reden führen. Weil sie sich nicht trauen Tacheles zu reden, sich nicht auskennen oder keine eigene Meinung haben, reden sie, ohne wirklich was zu sagen. Um das zu vermeiden kann man ein ‚Phrasenschwein' aufstellen, wie in der Sendung ‚Doppelpass', dann kostet jede Phrase Geld fürs Sparschwein. Mit solchen Leuten verschwendest du kostbare Zeit deines Lebens. Erst wartest du, kommt da noch was? Dann stellst du fest, du hättest dir das sparen können. Da hilft nur Flucht oder rüde Unterbrechung mit Themawechsel. Ein Phrasenschwein hat man nur selten in der Handtasche. Kommt nicht oft vor, dass ich für Unhöflichkeit plädiere! Zur Strafe für Laberer eine Woche im Kloster Schweigegelübde auf Zeit, eine hervorragende Idee. Keine Ahnung ob ich das durchhalten würde. Und hinterher? Überlegt man sich besser, was man sagen will oder quatscht man ohne Punkt und Komma, um den Redestau aufzulösen? Hat's jemand schon mal probiert? Dann müssten wir uns nachher dringend mal unterhalten.

Oh, Mist, ich hab in diesem Text den neuesten Sprachtrend des Genderns gar nicht berücksichtigt, so sorry! Natürlich gibt es auch Phrasendrescherinnen, das wollte ich nicht klammheimlich verschweigen. Aber ganz ehrlich,

ich find es so anstrengend das Gendern durchzu-halten, es hemmt auch irgendwie den Redefluss. Bei den Hardlinern/innen hört sich das bestimmt nach Ausrede an, klar, oder einfach nur old school? Bin ja auch der Meinung, dass das Wort schärfer ist als das Schwert, dass Worte unser Bewusstsein prägen. Aber wenn der Chef/die Chefin das Wort an die lieben Kollegen gerichtet hat, hab ich mich immer auch angesprochen gefühlt. Sonst wär ich doch wohl rausgegangen, um in Ruhe einen Kaffee zu trinken. Und als Bankkunde hab ich immer mein Geld bekommen, auch wenn es sich bei mir eigentlich um eine Kundin gehandelt hat. Ich bin mir nicht sicher, ob es sich um eine Modeerscheinung handelt oder um ein ernsthaftes Bemühen um political correctness. Sicherheitshalber verabschiede ich mich mal von euch mit

Vielen Dank für eure Aufmerksamkeit, lieber Zuhörer und liebe Zuhörerin.

Geht mit Gott oder Göttin

Zwischen den Zeilen lesen

Zeugnistag. Die Noten konnten sich Lucas Eltern fast aufs Zehntel genau ausrechnen. Gespannt sind sie jetzt, was in der Zeugnisbemerkung so drin steht. Und da heißt es:

„Luca ist ein aufgeweckter Schüler. Je nach Interesse arbeitete er zufriedenstellend mit, seine Hausaufgaben erledigte er zügig. Sein Verhalten war altersgemäß."

Liest sich auf den ersten Blick gar nicht so übel, findet Luca. Passt scho! Mama und Papa dagegen sind einfach nur geschockt. Klar, so was richtig Schlimmes steht da nicht, das dürfen die Lehrer nämlich nicht. Man muss schon zwischen den Zeilen lesen, um herauszufinden, was sich dahinter versteckt. Mama übersetzt mal in Kindersprache, damit Luca verstehen kann, was die Lehrerin da über ihn geschrieben hat:

„Luca kann einfach seine Klappe nicht halten, er nervt. Und wenn ihn dann gelegentlich doch mal was interessiert, sagt er auch was dazu. Den Hausaufgaben sieht man schon von weitem an, dass sie in einem Affenzahn hingerotzt worden sind. Das Verhalten, ja mei, ein Lausebengel halt."

„Ne, Mama, das steht da gar nicht, das bildest du dir nur ein. Frau Burger ist ganz zufrieden mit mir, steht doch da, zufriedenstellend. Und wenn ich meine Hausaufgaben zügig erledige, heißt das doch, dass ich nicht rumtrödle. Du sagst doch selber immer, ich soll nicht trödeln. Und wie soll ich mich denn bitte schön verhalten? Altersgemäß, das heißt doch, so, wie alle anderen auch, oder?" Hm, also wer hat jetzt Recht? Das weiß nur Frau Burger, die ist jetzt aber schon in die Ferien gegangen. Zum Glück für Luca, denn Frau Burger würde Mama Recht geben. Aber in sechs Wochen, bis zum Beginn des neuen Schuljahres, hat Mama die Sache längst wieder vergessen.

Papa erinnert sich schlagartig an sein erstes Arbeitszeugnis. „Mir ging es genauso wie dir, Luca. Was da so alles drin stand, hat ganz gut ausgeschaut. Bis mein Arbeitskollege mir übersetzt hat, was sich dahinter verbirgt. Da wurde dann aus gesundem Selbstvertrauen Selbstüberschätzung, aus ,Er vertritt seine Meinung' ,Er ist eine Nervensäge' und aus ,Er besitzt großes Einfühlungsvermögen für seine Kolleginnen' ,Er ist ein Schürzenjäger'. Ich, ein Schürzenjäger, das ging mir zu weit, das ist ja wohl der Gipfel. Deiner Mama hab ich's gar nicht erzählt, die wär aus allen Wolken gefallen. Aber meinem Chef bin ich so lange auf die Nerven gegangen, bis er den Schürzenjäger wieder gestrichen hat. Mit dem Rest konnte ich leben, dann bin ich eben eine Nervensäge und überschätz mich auch mal."

Achte doch mal beim Zeitunglesen auf die Schlagzeilen, das ist ‚zwischen den Zeilen lesen' für Fortgeschrittene. Besonders die witzigen, die sperrigen, die widersprüchlichen, die, die dir Rätsel aufgeben. Wie findet ihr zum Beispiel ‚Taliban ordnen Schließung von Schönheitssalons an'? Haben sie Angst vor subversiven Treffen der Frauen in diesen Räumen? Sind Schönheitssalons überflüssig in einem Land, in dem Frauen nur vollverschleiert in der Öffentlichkeit anzutreffen sind? Sind Kosmetika verderbliche Einflüsse des Westens? Beim besten Willen, ich komm einfach nicht drauf, was da zwischen den Zeilen steht, jetzt muss ich halt doch den Artikel lesen.

Beim nächsten Schlagzeilen-Hopping finde ich ‚Bauer zu Tierquälervorwurf: Wir machen viel für die Tiere'. Echt jetzt, knuddelt der seine Viecher etwa zu Tode? Überfüttert er sie? Dröhnt er sie 24 Stunden mit Beethoven zu? Was, zum Henker, spielt sich auf diesem Bauernhof ab, was veranstaltet dieser Tierquäler? Ich komm nicht wirklich drauf, langsam verlier ich die Lust auf ‚zwischen den Zeilen lesen'.

Aber das Wörtchen ‚gratis' weckt dann noch mal mein Interesse. Da steht ‚Gratis gibt es nicht umsonst'. Steh ich auf der Leitung, muss man das verstehen? Bin komplett verwirrt, wenn was gratis ist, zahlt man nix dafür, oder. Vielleicht muss man was unterschreiben, bei einer Umfrage mitmachen oder drei Kniebeugen vormachen. Keine Ahnung, ich muss einfach noch mehr üben, meiner Fantasie genug Raum lassen.

Weiter zur ganz hohen Kunst des ‚zwischen den Zeilen Lesens', das Lesen und Entschlüsseln aus der Rubrik ‚Partnersuche'. Ich geb' euch nur zu gern eine Kostprobe. ‚Schöne Akademikerin 51/164, weltoffen, mit Stil und Klasse, sucht niveauvollen Ihn für prickelnde Treffen.' Aha, die Dame bezeichnet sich als schön, ganz schön selbstbewusst und auf dem Kasten hat sie auch was, wenn sie die Akademikerin raushängen lässt. Lasst ihr euch von so viel toughness verunsichern, ihr männlichen Kandidaten da draußen, oder nehmt ihrs als sportliche Herausforderung? 51 Jahre ist sie, nicht mehr taufrisch, aber auch nicht wirklich alt, vorausgesetzt sie hat nicht geschwindelt. Ob sie verheiratet, geschieden, verwitwet oder Single aus Überzeugung ist, das verschweigt sie. Spielt letzten Endes auch keine Rolle, stattdessen weist sie daraufhin, dass sie jemanden für ‚prickelnde Treffen' einlädt. Olala, fragt sich, wie viele Treffen es braucht, bis sie sich entscheidet, bei wem es so richtig niveauvoll prickelt. Sie könnte mit ihrer direkten Art durchaus ankommen, bei Männern, die eine Dame ‚für schöne Stunden‘, ‚für erotische Treffs‘ oder für ‚diskrete Freundschaft‘ suchen. Das nenn ich mal Gleichberechtigung bei der Partnersuche. Als ‚weltoffen‘ bezeichnet sie sich; da muss ich raten, es ist ihr wurscht, aus welchem Teil dieser Welt, der Kerl kommt, der die prickelnden Stunden herbeizaubert? Oder sie hat schon die ganze Welt bereist ohne ihn zu finden? Spricht sie mehrere Fremdsprachen?

Habt ihr gemerkt, wie schwer es ist, sich in vier Zeilen selbst zu beschreiben und darzustellen, was ihr von einem Partner erwartet? Versucht es mal, nur so zum Spaß, das ist eine harte Nuss. Und dabei noch daran zu denken, was der Leser dann zwischen den Zeilen lesen wird. Und eines ist ganz sicher:

Auch wenn zwischen den Zeilen nichts steht,

ich kann es lesen. Ich bin eine Frau!

Wer die Wahrheit sagt, braucht ein schnelles Pferd.

Noch mal ganz langsam, damit es einsickern kann: Wer die Wahrheit sagt, braucht ein schnelles Pferd! Aber wer hat schon ein schnelles Pferd, denk ich mir, so schnell und aus dem Bauch heraus. Vielleicht tut es auch ein schnelles Auto oder ein Rennrad. Und wenn dir nix Schnelles zur Verfügung steht, besser nicht die Wahrheit sagen? Allerdings wurde dir schon als Kind erklärt, dass ‚Lügen kurze Beine haben‘ und man beim Lügen eine lange Nase bekommt wie Pinocchio. Ha, Ha, aber die Erwachsenen lügen wie gedruckt, die haben wohl lange genug geübt, um nicht erwischt zu werden. Mein Bauchgefühl hilft mir nicht recht weiter, ich glaub, ich schalt mal meinen Kopf dazu. Wenn es so gefährlich wird mit der ganzen Wahrheit rauszurücken, wie wär es dann mit der halben Wahrheit.

Sagst du: Der Chef hat angedeutet, dass du den gewünschten Job nicht bekommen wirst.

Oder lässt du die Katze aus dem Sack: Er ist der Meinung, dass du als Führungskraft grundsätzlich nicht geeignet bist.

Soll doch der Chef selber! Find ich in Ordnung, du bist nicht Bruder Hiob, der Überbringer schlechter Nachrichten.

Meine Freundin Susanne hat sich angekündigt, sie hat sich ein rotes Kleid gekauft und will meine Meinung dazu. Mir steht schon Minuten vorher der Schweiß auf der Stirn, denn eines ist schon mal sicher, sie langt immer daneben. Und es wird unweigerlich die Frage kommen ‚Wie steht mir das neue Kleid?‘ .... ‚Ich find die Farbe wunderbar!‘ Ja, so werd ich reagieren, ich finde rot wirklich toll. Damit hab ich nicht gelogen! Noch nie hat sie nachgehakt ‚Und was ist mit dem Schnitt, der Länge, dem Ausschnitt?‘ Warum soll ich ihr die Freude am neuen Kleid verderben, vielleicht gefällt es anderen ja zu 100 Prozent.

Aus der Nachfrage von meinem Nachbarn Uwe ‚Hast du das Bürgerbegehren schon unterschrieben?‘ bin ich nur rausgekommen mit ‚Oh, gut dass du mich daran erinnerst‘. Ich werd' auf gar keinen Fall unterschreiben, aber ich hab einfach keine Lust auf eine Diskussion. Könnt am Ende den Frieden in der Nachbarschaft kosten, das ist die Sache nicht wert.

Die Stunde der Wahrheit kommt oft aus heiterem Himmel um die Ecke. Du hast sie nicht einmal gesucht und du erschrickst, wenn sie dich findet.

‚Ich hab dich gar nicht gleich wiedererkannt, aber wir werden halt alle älter‘, begrüßt dich Ingrid, eine ehemalige Kollegin. Na Bravo, grundehrlich, aber so ein Trampeltier, die hat mir den Tag gründlich verdorben. Ingrid hatte schon immer ein Talent, Leute vor den Kopf zu stoßen.

Da ist meine Zahnärztin noch besser, sie ist ausnahmsweise mal schnell fertig, hat allerdings noch ein aber für mich: „Sie müssen sich aber schnellstens einen Termin in der Zahnklinik geben lassen."

Oh mein Gott, Zahnklinik, Folterwerkstatt, Höchststrafe ohne Begnadigung.

Oh doch, sagt sie ungerührt, das ist mir zu heikel, da müssen die Spezialisten ran. Jetzt bin ich nur noch ein Nervenbündel, warum tut sie mir das an?

Mal ganz ehrlich, wenn die Wahrheit wehtut, hätten wir doch lieber so eine klitzekleine Lüge, eine kaum getarnte Flunkerei, so eine liebevolle Schwindelei, eine süße Nettigkeit als Garnitur auf der harten Wahrheit!

Warum lügen wir überhaupt? Na da brauch ich nicht lange zu überlegen, oder hat jemand von euch jemals einem Gastgeber unverblümt ins Gesicht gesagt, „die Bratkartoffeln sind verbrannt, das Fleisch ist viel zu fad und der Salat dafür versalzen"?

Ne, mit Sicherheit nicht, stattdessen überlegst du schon während du die Teile auf dem Teller verzweifelt hin und her schiebst, was du sagen kannst.

‚Ich hab schon seit Tagen keinen rechten Appetit', oder ‚Ich mach grad 'ne Diät' oder ‚Salz hat mir der Arzt grad verboten, mein Blutdruck ist viel zu hoch'.

Bloß nicht die Köchin in Verlegenheit bringen oder sie beleidigen, das bring ich nie fertig. Einer meiner Freunde geht immer in die Vollen, ohne dass es ihm jemand übel nimmt. Der sagt glatt ‚Ich tippe mal, die Köchin ist entweder frisch verliebt oder ihr ist das Salz aus der Hand gerutscht' und grinst dabei wie ein Honigkuchenpferd. Befreites Gelächter, die Köchin atmet tief durch und lacht mit.

„Sorry", sagt sie, „ich hätte vorher noch mal probieren müssen, lasst doch den Salat einfach stehen."

Wahrheit kann also doch richtig befreiend sein, wenn sie liebevoll verpackt ist. Aber ich bin da eben einfach eher der Schönredner, so nach dem Motto:

‚Mei, deine Bratkartoffeln sind dir richtig knusprig gelungen' oder ‚So ein Steak braucht eigentlich gar nix weiter, der Fleischgeschmack allein ist schon ein Genuss'.

‚Little White Lies' – die kleinen weißen Lügen. Jeder will nur angenehme Empfindungen haben, Negatives meiden wir wie die Pest. ‚Little White Lies' verstecken alles Negative, wie die drei bekannten Affen ‚nichts hören, nichts sehen, nichts sagen'. Jemand hat meiner Freundin Susanne den Floh ins Ohr gesetzt, dass ihr Mann sie betrügt. Sie ist verunsichert, ich soll was dazu sagen. Was nun?

Little White Lies? ‚Du, davon hab ich noch nie was gehört, ich hab ihn noch nie mit einer anderen gesehen, dazu kann ich dir wirklich nix sagen.'

Oder die Wahrheit? ‚Hab auch schon davon gehört. Hab ihn kürzlich mit einer Frau beim Italiener getroffen. Ich muss schon sagen, die sahen ziemlich verliebt aus.'

Schwere Entscheidung! Dagegen ist die Sache mit dem Kleid ein Klacks. Verkraftest du die Wahrheit? Soll ich warten, bis die Wahrheit sowieso an den Tag kommt? Was passiert, wenn ich dir die Wahrheit sage? Glaubst du mir überhaupt, wirfst du mich raus, kündigst du mir die Freundschaft, zerstör ich dein Leben? Papas Motto fällt mir ein: „Nicht die Wahrheit tut weh, sondern die ganzen Lügen davor." Susanne, meine Entscheidung ist gefallen, für die Wahrheit. Egal, was danach passiert, ich werde dir die Wahrheit sagen. Das würde ich in dieser Situation von dir auch erwarten. Wenn wir nicht aufrichtig zueinander sind, ist unsere Freundschaft wertlos.

Aber jetzt hätte ich wirklich gerne ein ganz, ganz schnelles Pferd!

Auto fahren

Ich kann nicht Auto fahren! Huh, jetzt ist es raus. In der Richtung bediene ich jedes Klischee, das man so über die Frauen im Kopf hat.

Und, was habt ihr gerade gedacht, liebe Männer? Wussten wir doch schon, aber dass es mal eine zugibt, damit habt ihr nicht gerechnet. Oder habt ihr heimlich eure Partnerinnen angeguckt und gegrinst?

Jetzt macht aber mal halblang, ist mir schließlich nicht leicht gefallen, so ein Geständnis vor Publikum. Aber das gibt mir endlich mal die Chance, was dazu zu sagen, im Namen vieler Frauen sozusagen.

Also: Mein räumliches Orientierungsvermögen ist unterdurchschnittlich bis unterirdisch. Ich muss eine Strecke mindestens zehn Mal gefahren sein, um sie wiederzuerkennen. Und wehe, es ergibt sich bei elften Mal eine Umleitung, dann bin ich aufgeschmissen, verlier komplett die Orientierung. Jetzt fragt ihr euch natürlich, noch nie was von Navi gehört? Doch, schon, aber was in drei Teufels Namen heißt schon ‚in 300 Metern links'? Soll ich jetzt mitten in dichtem Verkehr auch noch 300 Meter abschätzen? Schilder lesen mit Ortsangaben kann ich, aber erst, wenn ich ziemlich nahe dran bin. Wenn du dann auf der

Autobahn noch gschwind die Spur wechseln willst, hast du Stress, ich jedenfalls.

Und jetzt muss ich unweigerlich auf die Männer zurückkommen, zumindest auf meinen Mann. Kompliment, ein ausgezeichneter Autofahrer, er fährt gerne, auch nachts, macht ihm gar nicht aus. Wird nie hektisch, fährt sehr vorausschauend, Kann sich dabei sogar mit dem Beifahrer unterhalten. Egal ob Stadtverkehr oder Autobahn, ob Sommer oder Winter, er hat es einfach drauf. Und wenn ihr mich fragt, er ist der Gott des Einparkens, das passt alles auf den Zentimeter genau, nie sind wir viel zu weit vom Bordstein weg, das ist die Schau. Oft haben wir einen Fahrer vor uns, der beim Einparken nach dem fünften Versuch aufgibt, aber schon nach dem dritten Versuch weiß mein Mann, das wird unser Parkplatz. Er weiß natürlich auch mit achtzigprozentiger Sicherheit, dass es sich bei dem Fahrer um eine Frau handelt, die restlichen 20 Prozent entfallen auf alte Männer mit Hut. Wisst ihr jetzt, warum ich niemals rückwärts einparke? Genau, ich kann quasi die Kommentare des wartenden Fahrers mithören und das war's dann für mich. Klar, in der Fahrschule hab ich einparken müssen, aber da hatte der Fahrlehrer so einen merkwürdigen Trick für mich parat, irgendwas mit einer Markierung auf der Rückbank. Wenn die am

Bordsteig ankommt, sofort gegenlenken, na ja, so ähnlich jedenfalls. Hat auch anstandslos geklappt – in der Fahrschule! Dann fährst du ein ganz anderes Auto, und wo, bitte schön, ist jetzt diese blöde Markierung? Im richtigen Leben kannst du mit dem Trick nix anfangen, also hab ich mich entschieden nur noch vorwärts einzuparken. Leider sind diese Parkplätze sehr rar oder in einer ziemlichen Entfernung vom Zielort. Aber was soll's: Lieber ein paar Meter mehr laufen, als blöde Kommentare im Nacken. Zu meiner Ehrenrettung, das Anfahren am Berg klappt einwandfrei, immer, da bin ich schon mal stolz drauf.

Außer den überflüssigen Kommentaren über einparkende Frauen hat mein Mann nur noch einen großen Fehler, er ist kein angenehmer Beifahrer, das sagt er übrigens selber. So und was ist das Ende vom Lied? Das wird keine Überraschung, wenn wir zu zweit los wollen, fährt immer er, seit vielen Jahren schon. Ich steure dann schon automatisch die Beifahrerseite an, er die Fahrerseite, die Frage ‚Wer fährt?' hat sich dadurch längst erübrigt. Das hat durchaus was Großzügiges, ich hab null Stress, er trinkt generell keinen Alkohol, wenn wir gemeinsam unterwegs sind – das ist alles einvernehmlich geregelt. Heißt im Klartext aber auch, ich hab fast keine Fahrpraxis. Grundsätzlich kann man damit leben, nur manchmal taucht die Frage auf ‚Was ist, wenn ihm unterwegs mal was passieren sollte'? Denn was erschwerend dazu kommt, er fährt Automatik, mein Auto hat Gangschaltung, mit Automatik kenn ich mich überhaupt nicht aus. Soll ja angeblich super easy sein – „Einmal Automatik, immer Automatik", sagen heute alle Autofahrer. Und ich müsste dann mit einem ohnmächtigen Beifahrer ein Auto mit Automatik heimschaukeln, kann ich mir nicht vorstellen. Sollte ich schleunigst öfter mal üben, so schwer kann das ja nicht sein, ich muss ja nicht gleich einparken damit.

Der absolute Horror jeder Frau ist, nachts allein im Auto unterwegs auf einer Landstraße und du hast einen platten Reifen. Und weil ein Unglück selten alleine kommt hast du dein Handy nicht dabei, es hat keinen Empfang oder der Akku ist leer. Da war mir klar: „Besser wär's schon, du könntest einen Reifen wechseln." (Reifen mit Notlaufeigenschaften gab es damals noch nicht.) Also wollte ich das unbedingt lernen, nur für den unwahrscheinlichen Fall, dass ich tatsächlich nachts allein mit dem Auto unterwegs sein sollte. Beim nächsten Wechsel von Winter- auf Sommerreifen hab ich die Arbeit ausgeführt, mein Mann hat mich gecoacht, es lief auch soweit alles gut. Bis unser Sohn dazu kam und gefragt hat, was wir da tun. Aber statt stolz auf seine Mama zu sein, sagt er doch allen Ernstes, ich solle das lassen, was sollen denn die Nachbarn von uns denken, wenn die Mama die Reifen wechseln muss. Ach du heiligs Blechle, auf sowas muss man erst mal kommen, so ein kleiner Chauvi! Wenn dann die neuen Reifen aufgezogen sind, krieg ich immer den Hinweis mit auf den Weg, dass die sich ganz anders fahren als die Sommerreifen, darauf müsste man ein bisschen achtgeben. Euch sag ich's einfach, ich spür keinen Unterschied, ich merk das nicht. Andere Sachen machen sich in den modernen Autos durch Geräusche oder Lichtzeichen bemerkbar, Kofferraumdeckel offen oder nicht angeschnallte Mitfahrer. Das krieg ich mit und reagier drauf. Als mich mein Auto zum ersten Mal angeblinkert hat ,sofort tanken', war ich auf einer Bundesstraße unterwegs. Oh Schreck lass nach, was heißt hier sofort, hier ist erst mal weit und breit keine Tankstelle! Komm ich noch so weit? Schweißgebadet bin ich in die nächste Tankstelle eingetrudelt, das passiert mir nie wieder!

Ich kann nicht gut Auto fahren, aber ich hab noch nie einen Unfall verursacht, hab nicht einen einzigen Punkt in Flensburg angesammelt – weil ich zu selten fahre. Wenn sich im Publikum jemand befindet, der das Problem lösen kann, der kriegt meine Handynummer sofort und ein Küsschen, wenn es gelöst ist.

Keine Angst vor ....

Ja, wovor denn? Wenn ich jetzt sofort was sagen müsste, wäre es: ‚Vor diesem Auftritt'! Hab diese Beschwörungsformel auch schon zehn Mal vor mich hingebrabbelt. Hat's was gebracht? Jaah, sie ist kleiner geworden, die Angst, quasi geschrumpft zu ‚Ok, du machst das schon, wird dich schon keiner auspfeifen'. Versprochen?

Na dann wollen wir unserer Angst mal zu Leibe rücken. Ja, echt, zu Leibe, weil sich Angst ungebremst schlagartig im Körper ausbreitet: schwitzen, frieren, aufs Klo müssen, Übelkeit, Migräne, Blässe, Schwindel - sucht euch was aus. Keine Angst, mir geht's soweit gut, bin ja auch schon mittendrin im Thema.

Als Kinder haben wir immer ‚Wer hat Angst vorm schwarzen Mann'? gespielt. Das kannst du heute aber so was von vergessen, schlag das bloß nicht mehr vor, oder du wirst als Rassist beschimpft. Passt nicht mehr in die Zeit, aber ich will euch mal was verraten. Ich hatte noch nie einen Menschen mit schwarzer Hautfarbe gesehen, für mich als Kind war der schwarze Mann der Pfarrer oder der Schornsteinfeger. Warum man allerdings Angst vor denen haben sollte, war mir nicht klar. Hatte ich eigentlich auch nicht, es war einfach nur ein Spiel mit Weglaufen und Fangen. Als Kind hast du vor ganz anderen Dingen Angst, vor Spinnen oder davor, vom Fünfer zu springen – das sind so die ‚Ich-trau-mich-nicht'-Momente. Da können die anderen noch so oft sagen ‚Da kann nix passieren'. Für so was bist du einfach nicht zu haben. Oder du hattest einfach nur Schiss bei etwas Verbotenem erwischt zu werden, versteckt unter der Bettdecke mit der Taschenlampe lesen, freihändig und ohne Helm Fahrrad fahren. Die Chancen nicht erwischt zu werden waren nicht schlecht, aber ein wenig mulmig war uns schon. Aber wir haben es trotzdem gemacht, denn wir wollten keine Angsthasen sein. Angsthasen sind nämlich Langweiler, mit denen kann man nichts Aufregendes erleben.

Kannst du mit deiner Angst leben, oder vermasselt sie dein Leben? Dann musst du sie überwinden, um wieder das Ruder über dein Leben zu gewinnen. Mit meiner Höhenangst kann ich ganz gut leben, ich muss ja nicht unbedingt Riesenrad oder Achterbahn fahren. Ich würde auch nicht in eine Wohnung im zehnten Stock einziehen oder einen Turm besteigen. Da kann die Aussicht noch so toll sein. Daher fällt meine spezielle Angst im Alltag auch kaum auf.

Angst vor dem Zahnarztbesuch – Jetzt gebt mir bitte mal ein kollektives Stöhnen, damit ich mich nicht so allein damit fühle. Die gute Nachricht ist ja, dass wir sie nur zweimal im Jahr erleben. So oft will mich meine Ärztin auf jeden Fall sehen, leider eben nicht mich als Person, sondern meine Zähne, egal ob ich Schmerzen habe oder nicht. Sie ist in dem Punkt ziemlich hartnäckig und auch gründlich, so nach dem Motto ‚Wer suchet, der findet‘. Und oft genug findet sie leider die eine oder andere Kleinigkeit, oder, oh Graus, sie schickt ich in die Zahnklinik zur Wurzelbehandlung. Und da krieg ich schlagartig weiche Knie und Angstschweiß auf der Stirn. Damit ich nicht kneifen kann, macht sie selber auch gleich einen Termin dort, zeitnah hat sie am Telefon gesagt. Aber jetzt hab ich auch eine gute Nachricht für euch, sie haben dort ein Anti-Angstmittel. Gleich beim ersten Mal hat der Kollege dort die Angstsymptome erkannt und gefragt, ob ich nicht eine ‚Leck-mich-am-Arsch-Spritze‘ will, das Zeug heißt Dormicum, merkt euch das gut, Dormicum! Wollte ich, bekam ich, ich blieb wach mit ‚Leck-mich-am-Arsch‘-Gefühl. Auf die Schätzfrage ‚wie lang hab ich sie behandelt‘, hab ich mich auf 45 Minuten festgelegt, in Wirklichkeit waren es zwei Stunden und ich hab nichts gespürt. Na da kann man wirklich nicht meckern, beim zweiten Besuch dort hab ich schon nach Dormicum verlangt, bevor der Arzt auch nur guten Morgen sagen konnte.

In Prüfungssituationen würde ich es allerdings nicht empfehlen, für die Führerscheinprüfung schon gar nicht. Nach Einnahme darfst du nämlich nicht Auto fahren, also Finger weg! Auch bei Reden, Referaten, Abiprüfung oder Examina ist das Zeug leider nicht geeignet, da musst du voll da sein und liefern, egal wieviel Angst du davor hast.

Endlich mal eine Situation, die mir keine Angst macht, anderen aber schon, hab ich erlebt. Elternbeirat im Kindergarten – Ein Abschiedsfest für den Kirchenpfleger muss vorbereitet werden. Eine Liste für Kuchenbäckerinnen geht herum. Ich will mich eintragen. Protest: „Ne, du backst keinen Kuchen." Schock, die mögen meinen Kuchen nicht, jetzt ist es raus. „Ne", sagen sie, „du hältst die Rede!" Aha, Ausrede, Verschleierungstaktik, nicht mit mir, ich back Kuchen, Punkt. Betretenes Schweigen, Angst in den Augen. „Ich kann das aber nicht, vor Menschen sprechen, völlig ausgeschlossen" jammert die Vorsitzende, die anderen nicken. Ist das zu fassen, diese engagierten Mütter haben echt Panik wegen einer Rede? Darauf wäre ich im Traum nicht gekommen. Panik ist übrigens die große Schwester der Angst, ein Zustand intensiver Angst sozusagen, die Grenzen sind fließend.

Kannst du mit deiner Angst leben, oder vermasselt sie dein Leben? Dann musst du sie überwinden, um wieder das Ruder über dein Leben zu gewinnen.

Verschwinden Ängste wieder oder verstärken sie sich im Laufe eines Lebens, kommen neue dazu, wenn die alten verschwinden? Alle Veränderungen erzeugen Angst, und die bekämpft man, indem man sich Wissen aneignet. Echt jetzt, Flugangst verschwindet, indem ich mich mit der Technik eines Flugzeugs vertraut mache? Oder beim Piloten mal nachfrage, ob er sich fit fühlt und ausgeschlafen ist? Da würd ich eher auf die Empfehlung für Kinder setzen ihre Angst mit ihrem Lieblingsteddybären zu bekämpfen. Hab zwar keinen eigenen Teddy, aber meine Lieblingsmusik tut es zur Not vielleicht auch. Langsam und flach atmen soll auch helfen, kann man mal ausprobieren, Hauptsache es verhindert die Panik.

Habe fertig, langsam durchatmen, und dann die Frage: „Hat's euch gefallen?"

Mit der Wut leben

Wut, das ungeliebte Gefühl, die böse Emotion, die Falle, in die du tappst. Sie beginnt im Bauch, fängt an zu brodeln, bis dir der Kragen platzt und du die Kontrolle verlierst, einfach explodierst, ohne Rücksicht auf die Folgen.

Im Struwwelpeter, dem alten Kinderbuch mit der pädagogischen Keule, gibt's die Geschichte vom bösen Friedrich. Die ersten beiden Zeilen kann ich immer noch auswendig: „Der Friederich, der Friederich, das war ein arger Wüterich!" Er drangsaliert Tiere, bevorzugt mit der Peitsche, bis er seine Lektion lernen muss. Ganz entsetzt hab ich mir vorgenommen, dass ich nie, niemals so werden wollte wie der böse Friederich. Dass Kleinkinder von jetzt auf gleich zum Wutzwerg werden, sich im Tobsuchtsanfall auf den Boden werfen und mit Gegenständen um sich werfen, das kennen wir, vor der Kasse im Supermarkt, im Restaurant......

Macht mich nachdenklich, fast schon neidisch. Seine Wut mal so ungebändigt rauslassen, mit der Kraft eines Hurricanes, das muss doch unheimlich gut tun. ‚In der Wut verliert der Mensch seine Intelligenz', warnt der Dalai Lama, aber wenn schon, zum Teufel mit der Intelligenz. Die kommt schon zurück, wenn der Sturm sich gelegt hat, aber wir hätten dadurch weniger Magengeschwüre, Migräneattacken und Schlafstörungen.

Jetzt guckt doch nicht so ungläubig, ich ruf ja nicht gleich zu Mord und Totschlag auf. Ihr müsst doch zugeben, dass Wut eine unglaubliche Energiequelle ist, ohne die keine Veränderungen passieren. Die kollektive Wut treibt die Frauen im Iran zu Tausenden auf die Straßen, sie haben es satt, sich von einem Regime einschränken zu lassen, sie pochen auf gleiche Rechte und lassen sich weder von Knüppeln noch von Gummigeschossen aufhalten. Die Intelligenz würde sagen: „Achtung, Stop, du könntest dein Leben verlieren". Die Wut bricht sich Bahn und sagt: „Jetzt oder nie". Dass man aus Wut Dinge sagt oder tut, die man nicht so meint, stimmt nicht. Das Gegenteil ist der Fall, wenn man wütend ist, sagt und tut man Dinge, für die man sonst nicht den Mut hätte.

Um Gottes Willen, bin ich mit meinem Plädoyer für eine gesunde Wut in der Schublade mit der Aufschrift ‚Wutbürger' gelandet? Dann muss ich euch überzeugen, dass ich dort wirklich nicht hingehöre. Erinnert euch nur dran, dass selbst Jesus, der Sohn Gottes die Wut gepackt hat. Jesus ging an die Decke wie das legendäre HB-Männchen? Peinlich? Ne, ist doch klar, dass auch ein herzensguter Mensch irgendwann an seine

Grenzen kommt und Dampf ablassen muss. Also, was war passiert? Jesus war nach Jerusalem gekommen, weil ein hohes jüdisches Fest anstand. Tausende Menschen fanden ihren Weg in den Vorhof des Gotteshauses, wo sie Opfergaben kaufen konnten oder Geld wechseln ließen. Es ging wohl zu wie auf einem riesengroßen Marktplatz, muss ein wahrer Festtag für die Händler gewesen sein, die Kassen klingelten wie schon lange nicht mehr. Das hat Jesus so zur Weißglut getrieben, dass er wutentbrannt anfing die Händler rauszuschmeißen, die Tische der Geldwechsler umzustoßen und die Bänke der Verkäufer zu zertrümmern. Die Bibel nennt das ‚Tempelreinigung‘, ich möchte nicht wissen, wie die Bildzeitung diese Aktion betitelt hätte, vielleicht ‚Psychisch Gestörter läuft Amok‘. So ganz kann ich es nicht nachvollziehen, natürlich verträgt sich Geschäftemacherei nicht mit einem Haus Gottes. Aber gleich so eine krasse Aktion? Na gut, war eben seine rote Linie, die überschritten wurde, da hat auch er gar nicht mehr über die Konsequenzen nachgedacht. Haltet ihr deswegen Jesus für einen Wutbürger?

Ob Jesus jemals eine Wutrede gehalten hat, kann ich nicht mit Bestimmtheit sagen. Beim Recherchieren bin ich jedenfalls nicht darauf gestoßen, aber auf Politiker und Fußballer.

Entweder sind die besonders dünnhäutig oder sie nutzen jede Gelegenheit verbal um sich zu schlagen. Den Vogel hat ein gewisser Herr Trapattoni, Fußballtrainer beim FC Bayern, in einem Interview abgeschossen. Erinnert sich jemand? „In diese Spiel es waren zwei, drei oder vier Spieler, die waren schwach wie Flasche leer. Ich habe fertig." Legendär! Gilt bis heute als Mutter aller Wutreden! Anderen bei einem Wutausbruch zu beobachten kann ganz lustig sein oder auch zum Fremdschämen. Von anderen bei einem Wutausbruch beobachtet zu werden? Fühlt sich am nächsten Tag nicht gut an, du schämst dich, weil du die Kontrolle verloren hast. Wut ist nun mal nicht salonfähig, um Gottes Willen, wie konnte so ein Ausrutscher nur passieren? Jetzt kommt noch die Wut auf dich selbst dazu, der Vorwurf, dass du dich nicht besser im Griff hattest. Aber niemand sagt dir, wohin mit deiner Wut, wie kannst du sie kontrollieren und kanalisieren?

Das ist deine ganz persönliche Entscheidung.

Meine ganz persönliche Entscheidung hat sich so nach und nach entwickelt. Sie liefert euch kein Patentrezept, sondern ein paar Tricks. Nehmt euch gerne davon, was ihr brauchen könnt, was zu euch passt. Ich greife auf den Grundsatz zurück, „wer oder was mich wütend macht, bestimme ich selbst". Damit bin ich kein Opfer mehr, das gibt mir Handlungsfreiheit. Ich lasse mich nicht zum Spielball von jemand anderem machen. Ich lasse nicht zu, dass jemand einfach auf den richtigen Knopf drückt und ich geh hoch wie eine Rakete. Ich entscheide welche Kraft die Wut auf einer Skala von eins bis zehn hat. Je näher sich der Wert der zehn nähert, je mehr zeitlichen und räumlichen Abstand bringe ich zur auslösenden Situation. Ein „Ich werde das gerne morgen mit dir besprechen" hat mir dabei immer wieder gute Dienste erwiesen. In der Zwischenzeit ergeben sich Möglichkeiten mit einem guten Freund zu reden, mit einer Einheit Sport den Kopf frei zu bekommen und eine Nacht drüber zu schlafen.

Und letzten Endes müssen wir uns doch entscheiden, ob wir „tanzen wollen vor Glück" oder „kochen vor Wut".

Lasst es uns doch mit dem Tanzen probieren!

Die Sache mit dem Rudern

– wie im richtigen Leben

Neulich, mit dem Boot auf der Altmühl. Jetzt bloß keinen Fehler machen, sind wir nun gerudert oder gepaddelt? Der Bootsverleiher klärt auf: Zwei Personen pro Boot, Plätze mit Blick in Fahrtrichtung einnehmen, für jeden ein Paddel mit einem Blatt, der hintere lenkt das Boot. Mehr Starthilfe gibt's nicht. Immerhin, ich weiß Bescheid, wir paddeln. Meine Begleiter nennen es immer noch rudern, macht für uns Landratten keinen Unterschied. Und erst mal auf dem Wasser zeigt sich gleich: Für uns Leichtmatrosen ist das wurscht. Wir haben ganz andere Probleme.

Zwei unserer Boote bewegen sich unentwegt im Zickzack. Sie hängen erst am linken, dann am rechten Ufer fest. Klarer Fall, der Hintermann lenkt nicht. Lautstarke Diskussionen in beiden Booten. „Aber ich hab doch mit dem rechten Dingens gerudert." „Ne, hast du nicht. Du musst das andere rechts nehmen. Weißt du was, wir tauschen die Plätze, ich geh nach hinten." Wär doch 'ne Lösung, aber der Papa will den Chefposten nicht räumen. Also weiter im Zickzack, wie im richtigen Leben. Die zweite Zickzack-Mannschaft lacht sich schlapp und ruft nach einem Begleitboot zum Coaching, Nach einiger Zeit haben sich die zwei Mädels eingegroovt, klappt schon ganz gut. Mit Humor geht's dann doch, wie im richtigen Leben.

Unsere zwei gemischten Boote haben die Flotte angeführt. Wir haben sie bald aus den Augen verloren. Beide hatten sie ein Kind an Bord, beide waren rein männlich besetzt. War schon klar, überschüssiges Testosteron endet im Wettkampf. Wer ist schneller? Geendet hat's mit dem Kentern und zwei klitschnassen Ruderern. Gott sei Dank – die Altmühl war an der Stelle nur knietief, kein Schaden an Mensch und Boot. Zu wenig Wasser im Fluss, Klimakrise, wie im richtigen Leben.

Die zwei Harmonieboote kommen am besten zurecht, Mama und Sohn, Oma und Opa halten die Ideallinie, ruhig und gelassen. Die beiden Oldies halten gut mit, nur Oma verlässt auf dem letzten Kilometer die Kraft, da muss Opa einspringen und ausgleichen. Aber sie sind ein eingespieltes Team, das klappt. Wir nehmen eine tolle Erfahrung mit, drei Generationen rudern zusammen, wie im richtigen Leben.

Und wie geht's so zu im richtigen Leben? Na klar, bei ruhiger See kann jeder das Ruder führen. Aber wer das Ruder führt, der trägt auch die Verantwortung für das Vorankommen, für das Erreichen des Zieles. Wer rudert das Familienboot? Der Älteste kommt natürlich in Frage, der mit der meisten Erfahrung, denn eigentlich treten immer wieder dieselben Probleme auf. Oder wie wär's mit dem Erfolgreichsten, der hat gewöhnlich die beste Ausbildung und kann auch mal die Ellbogen einsetzen. Man könnte es auch mit dem Allrounder versuchen, der kann alles, wenn auch nicht perfekt. Wenn alle an einem Strang ziehen müssen, passt am besten der Empathischte, der Kümmerer, der alle mitnimmt. Auch der Netzwerker käme in Frage, der kennt Gott und die Welt, jedenfalls immer einen, der das anstehende Problem löst. Ist schon mal jemand auf die Idee gekommen, dass man das Ruder auch abgeben kann, es nur auf Zeit übernimmt? Beim Wettkampfrudern nicht zu empfehlen, aber die Familien basieren nicht auf Wettkampf. So ist das, im richtigen Leben.

Genau genommen verbringen wir die meiste Zeit im Berufsleben. In diesem Boot geht es um Profit, um Aufstieg und Ansehen. Der am Ruder steht, müsste gleichzeitig der Erfahrenste, der Erfolgreichste, der beste Allrounder, der Empathischte und der beste Netzwerker sein. Wie soll das denn gehen? Also soll er das Ruder zeitweise abgeben? Im Leben nicht, völlig ausgeschlossen!!! Denn wer einmal am Ruder sitzt, muss immer damit rechnen ausgebootet zu werden. Womit wir wieder beim Wettkampfrudern sind, nur ohne feste Regeln. Im schlimmsten Fall sitzen alle Mitarbeiter in einem Boot, alle rudern, aber jeder in eine andere Richtung. Ich hab so einige Chefs erlebt, sie gehörten alle zu den Erfolgreichen und zu den guten Netzwerkern, einige auch zu den Silberrücken. Funktioniert es, wenn die Empathie fehlt? Wenn ihr mich fragt: „Nein". Die Mitarbeiter, die sich vom Chef nicht wahrgenommen fühlen, verlassen still und leise das Boot. Die Fluktuationsrate steigt, der Chef kann sich das nicht erklären. Je fester er das Ruder in der Hand hält, desto mehr Ruderer machen sich davon. Und keiner sagt ihm, dass wir nicht mehr in der Antike leben, wo das Rudern Sache der Sklaven war? So geht's einfach nicht im richtigen Leben.

Wenn ihr immer noch nicht genug habt vom Rudern, dann ab nach England. Jedes Jahr im März oder April säumen Hunderttausende Zuschauer die Thamse. Der Klassiker steht an, das legendäre Ruderduell zwischen den Studenten der Unis Oxford und Cambridge. Die Achter brauchen für ca. sieben Kilometer 17 bis 19 Minuten, die zischen nur so vorbei. Es geht auch um den sportlichen Erfolg, aber in erster Linie um die Ehre der Unis und um Tradition. Dass Rudern auch dazu gehört, spricht für die Engländer.

Man muss rudern können, wie im richtigen Leben.

Denken ist die schwerste Arbeit, die es gibt.

Das ist wahrscheinlich auch der Grund, warum sich so wenige Leute damit beschäftigen. (Henry Ford)

Von Natur aus ist jeder von uns denkfaul. Wir lassen uns von Denkreflexen triggern. Genau das vermeiden die Slammer, die literarischen Querdenker: Nicht immer die gleichen Gedankenschleifen, sondern Überraschungen, Kehrtwendungen, Widersprüche. Geschichten, über Schnee mit Vanillegeschmack, über den Mond, der singen kann, über Bäume, die sprechen können, über tanzende Buchstaben, die Nacht der Glühwürmchen oder die Macht des Lächelns. Sie geben dem Publikum was zum Mitdenken, zum Umdenken, stellen Sichtgewohnheiten auf den Kopf.

Unsere Lehrer sind berufsmäßige Denkbetreuer. Schüler folgen ihnen auf ihren Pfaden, klar, man muss doch das Rad nicht jedes Mal neu erfinden. Geht auch viel schneller mit einem Vordenker, der unfassbar viel Stoff durchpeitschen muss. Da bleibt keine Zeit zum Nachdenken. Gar nicht auszudenken, wenn die alle nachdenken würden, dann würden sie womöglich noch nachfragen. Nachfragen könnte auf Nebengleise führen, weil nun mal alles mit allem zusammenhängt. Wo soll das enden?

Sollen sich doch die Eltern mit den Nachfragen abplagen:

„Mama, warum hat Papa nie Zeit?" „Na Papa muss halt viel arbeiten, er muss doch Geld verdienen."

„Mama, verdienst du auch Geld?" „Ne, ich nicht, ich manage den Haushalt und bin für euch Kinder da und betreu die Oma."

„Mama, warum bekommt man dafür kein Geld?" „Tja, das würde ich auch gerne wissen. Darüber denk ich besser gar nicht nach, das ist so was von ungerecht."

„Mama, kann man Geld verdienen und Zeit für die Kinder haben?" „Das funktioniert leider nicht gut. Papa könnte weniger arbeiten, dann hätte er mehr Zeit, aber auch weniger Geld verdient. Aber ich könnte auch arbeiten gehen, damit wir genug Geld zum Leben haben."

„Mama, das hört sich gut an, warum macht ihr das nicht so?"

So viele Warum-Fragen – und die Kinder werden weiter und weiter tragen. Sie machen sich Gedanken.

Machen wir uns Gedanken beim Fernsehen? Vielleicht nicht genug! Deswegen hat so ein Scherzkeks ein Plakat ins Netz gestellt: Bitte waschen Sie Ihre Hände. Ihr Gehirn waschen wir, ARD + ZDF. Gehirnwäsche? Echt jetzt? Ja, ganz Recht, sagt der Kabarettist Rebers: „Der Blinde schreibt auf, was der Taube gehört hat." Gilt das auch für die Nachrichten? Informationen aus der ganzen Welt, vorsortiert, aussortiert auf die Sendezeit hin. Fakten, Meinungen, Kommentare prasseln auf dich ein. Das kannst du am Ende gar nicht mehr auseinanderhalten, denk ich mir oft.

Du speicherst ab, machst dir ein Bild über die Bilder und die Beiträge. Die Welt muss ein gefährlicher Ort sein, die Zukunft düster: Aufstände, Kriege, Waffenlieferungen, Korruption, Artensterben, Klimakatastrophe, Pandemie, Energiekrise, Vulkanausbrüche, Massenflucht. Gehört zur Ausgewogenheit nicht eine Portion aus der Kategorie „Mutmacher"? Neue Bewässerungsmethoden zur Bekämpfung der Dürre, Krankheit endgültig besiegt, Frauenbildung an erster Stelle, Klinikpersonal auf Höchststand. Gibt's das nicht, landet das im Papierkorb, keiner Erwähnung wert? Oder tatsächlich Gehirnwäsche? Zur Abwechslung und zur Erbauung Sport, das Leben der Royals? Bleiben wir kritisch, denken wir mit, bilden wir uns eine eigene Meinung.

Daran sind die professionellen Influencer nicht interessiert. Aber wenigstens sind sie ehrlich, sie wollen beeinflussen, uns in allen Bereichen etwas vormachen, damit wir es dann nachmachen. Je mehr Follower, je mehr Kohle. Ich nenn das Manipulation, aber das soll niemand merken, weil es gut gemacht ist. Mal ganz im Ernst, für wie blöd halten uns die eigentlich.

Ich möchte gerne etwas weniger blöd sterben,

als ich geboren bin. (Andre Heller)

Viertel vor sieben (Reinhard Mey)

Wo befindet ihr euch um diese Zeit? Noch im Bett, im Bad beim Zähneputzen oder Rasieren, bei einer Tasse Kaffee und der Zeitung, in der Küche beim Brote schmieren für die Kinder, schon unterwegs zur Arbeit oder auf dem Heimweg von der Nachtschicht?

Viertel vor sieben am Mittwoch

Der Tag nimmt Fahrt auf, die Vorbereitungen laufen schon. Du hast dir den Schlaf aus den Augen gewischt, aber so richtig wach bist du noch nicht. Das Gedankenkarussell arbeitet bereits, ist aber noch nicht auf Betriebstemperatur. Schlag sieben musst du in den dritten Gang schalten. Mit Vollgas in den Tag, ein Mittwoch! In der Mitte der Arbeitswoche, zwischen den Wochenenden. Wie's Glas halbvoll und gleichzeitig halbleer. Ein Mittwoch im Mai, dafür kriegt er extra Pluspunkte. Schon hell um viertel vor sieben, sogar die Kinder kommen schneller aus den Federn. Wenn du's noch vor sieben auf die Autobahn schaffst, entkommst du dem morgendlichen Berufsverkehr, bist 15 Minuten früher am Arbeitsplatz. Kannst in aller Ruhe noch eine Tasse Kaffee trinken.

Viertel vor sieben am Mittwoch

Das Telefon klingelt, es kann eigentlich nur deine Mama sein. Keine Zeit für einen gemütlichen Plausch, du bist auf dem Sprung. Mama klingt beleidigt, weil du nie Zeit hast. Ne, nicht um Viertel vor sieben, aber das will sie einfach nicht verstehen. Nein, du wirst nicht vergessen ihre Medizin abzuholen, Tschüss Mama. Geschrei aus dem Kinderzimmer, der Turnbeutel ist verschwunden. Ne, der liegt schon im Flur. Wenn du rechtzeitig loskommen willst, musst du schon am Abend vorher an alles denken. Zehn vor sieben an der ersten Kreuzung, rote Ampel, lange Schlange. Endlich grün, ganz vorne pennt wohl einer noch, du wirst es nicht schaffen. Fünf vor sieben, endlich auf der Autobahn, ich liebe es, wenn ein Plan funktioniert.

Viertel vor sieben am Mittwoch

Arbeitstag ohne besondere Vorkommnisse, ungeplanter Absacker mit Kollegen. Zusatzliste abarbeiten: Reinigung abholen, Getränkemarkt, Apotheke, Supermarkt, dann wieder ab auf die Autobahn. Um viertel vor sieben Medikamente und Getränke bei Mama abliefern. Sie ist immer noch und schon wieder sauer, sorry, aber du hast einen Bärenhunger und musst nach Hause. Mittwochabend im Mai, viertel vor sieben, sie warten schon mit dem Essen auf dich. Es bleibt noch gut zwei Stunden hell. Gibt wieder Pluspunkte.

Viertel vor sieben am Sonntag

Heute kein Wecker, endlich mal ausschlafen! Das ist doch der Sinn vom Sonntag. Aber erzähl das mal den Kindern, du kannst sie schon rumrumoren hören. Vielleicht gönnen sie dir noch ein paar Minütchen, bevor sie angeschlichen kommen und mit Schwung in dein Bett hüpfen. Du könntest dich natürlich schlafend stellen und hoffen, dass der Papa reagiert. Heute lässt du's mal draufankommen, wer es länger aushält. Aber die kleinen Racker sind gnadenlos, kitzeln dich an den Füßen, das war's dann mit Ausschlafen. Aber Papa kommt auch nicht so einfach davon, sie pusten ihm kräftig ins Ohr, bis er ebenfalls aufgibt. Wenn sie dich wach haben, wollen sie gleich frühstücken. Sie treiben dich in die Küche bevor du auch nur geradeaus denken kannst. Noch vor sieben sitzen alle am Tisch, wie immer halt.

Viertel vor sieben am Sonntag

Vor fünf Minuten sind wir zur Tür rein. War ein herrlicher Tag, genau richtig für einen kleinen Ausflug mit dem Fahrrad bis zu einem gemütlichen Biergarten mit Spielplatz. Allerdings sind auch zig andere Familien aus der ganzen Umgebung auf die gleiche Idee gekommen. Großer Andrang bei der Selbstbedienungstheke, dann quatscht du halt mit deinen Vorder- und Hinterleuten in der Schlange, was soll's. Dafür kannst du dann in Ruhe Brotzeit machen, die Kinder sind Richtung Spielplatz verschwunden. So kann man's aushalten, zum Abschluss noch ein Eis für alle, dann gemütlich heimradeln. Der Sonntag kriegt gleich eine Handvoll Pluspunkte. Zum Glück sind die Kids jetzt so müde, dass sie ohne Gemaule in ihre Zimmer abgedüst sind. Oh heilige Ruhe, vielleicht noch ein Glas Rotwein auf der Terrasse?

Viertel vor sieben, heute Slam

Alle Slammer hinter der Bühne, um sieben geht's los. Manche kennen sich von anderen Veranstaltungen, unterhalten sich leise. Anspannung hat sich breitgemacht, Texte in den Händen. Maron kommt reingerauscht, strahlt, alle Plätze besetzt, das Publikum voller Erwartung. Die haben richtig Bock, berichtet sie, das wird sensationell. Genießt es, ich wünsch euch viel Glück. Wir müssen nur noch schnell die Reihenfolge eurer Auftritte auslosen.

Viertel vor sieben, heute Slam

Die letzten Minuten laufen ab. Maron steht auf der Bühne, begrüßt die Zuschauer, erklärt die

Slam Regeln und zündet eine Applausrakete nach der anderen. Der 10 Punkte Applaus hört sich selbst von hinten noch stürmisch an, der Traum jedes Slammers. Welcher Text wird heute das Rennen machen? Gereimt oder Prosa, skurril oder ernst, phantasievoll oder biographisch, auswendig oder gelesen? Kannst du die Rampensau rauslassen? Gleich bist du dran, egal, sei einfach authentisch, eins mit deinem Text.

Viertel vor sieben,

der Countdown läuft.

Der Tiefpunkt – der Punkt von dem es aufwärts geht

Na so gesehen ist der Tiefpunkt ein Lichtblick, jedenfalls für Optimisten. Niemand mag am Tiefpunkt ankommen, aber immerhin, einen Trost gibt es: Schlimmer kann's dann nimmer kommen.

Wie fühlt sich überhaupt so ein Tiefpunkt an? Verheulte Augen, hängende Schultern, verstrubbelte Haare, Pyjama, apathische Stimme, Rollos unten, Schweigen auf allen Kanälen – mit Sicherheit mehr als eines dieser Phänomene. Mit Tiefpunkten kennt sich jeder aus, entweder kannst du auf sie zurückblicken oder du steckst gerade mittendrin.

Du musst hilflos zuschauen, wie die Demenz langsam Besitz von deiner Mama ergreift. Ihre Fähigkeiten verschwinden, so einen leckeren Blechkuchen kann sie schon lange nicht mehr backen. Ihr Auto hat sie nie mehr aus der Garage geholt, sie hat Angst davor, sich noch einmal so schrecklich zu verfahren und nicht mehr nach Hause zu finden. Logik hat keinen Platz mehr in ihrem Kopf, kurzum, sie verliert die Kontrolle über ihr Leben und du verlierst die Kontrolle über sie. Ihre Wohnung wird zur Messie Landschaft, weil sie nichts, nicht die kleinste Bäckertüte wegwerfen will. Wenn du aufräumen willst, schreit sie Zeter und Mordio, weil du ihr etwas wegnehmen willst. Im Sommer zieht sie den Pelzmantel an, im Winter vergisst sie eine Hose anzuziehen. Das kann gefährlich werden, du musst etwas unternehmen, der Tiefpunkt ist gekommen. Du machst dich auf eine Besichtigungstour durch verschiedene Heime, willst sie menschenwürdig unterbringen. Keines davon gefällt dir wirklich, der tiefste Punkt ist noch nicht erreicht. Schließlich sitzt du vor einem mitfühlenden Heimleiter, heulst wie ein Schlosshund und stammelst ‚Ich glaub ich lande in der Hölle'. Der schaut dir direkt ins Auge und sagt nur. ‚Ich kenne sie nicht, weiß nicht, was sie für ein Mensch sind, aber dafür, dass sie ihre Mutter in unsere Obhut geben, kommen sie unter Garantie nicht in die Hölle.' Jetzt bist du ebenfalls jenseits aller Logik, der Mann scheint einen Vertrag mit dem lieben Gott zu haben, er betreut demente Menschen mit großer Kompetenz, dafür müssen die Angehörigen, die sie herbringen, nicht in die Hölle. Wenn du das glauben kannst, geht es vielleicht doch langsam wieder aufwärts? Nicht für Mama, aber du bekommst dein eigenes Leben wieder zurück.

Deine eigenen Kinder bringen dich unweigerlich immer wieder an Tiefpunkte. Sie haben gute Anlagen, ein Umfeld, in dem sie jede mögliche Unterstützung kriegen. Aber du bringst die nicht aus ihrer pubertären Null-Bock-Haltung raus. Die Aussicht auf einen höheren Schulabschluss sinkt auf null. Das lähmt dich, bringt dich um den Schlaf, um nicht zu sagen um den Verstand. Der Tiefpunkt nähert sich, du kannst ihn nicht aufhalten. Wo liegt bloß der Weg, den du selber grade nicht siehst? Gibt es andere Alternativen, an die du noch nie gedacht hast? Ist ein Schulwechsel die Lösung oder nur der bequeme Weg für das faule Pubertier? Finde den Weg, der dich aufwärts führt, auch wenn du kaum Handlungsspielraum siehst.

Wenn es nach einem Tiefpunkt nur aufwärts gehen kann, heißt das im Umkehrschluss, dass es nach einem Höhepunkt wieder abwärts gehen wird. Ganz ehrlich, jetzt weiß ich nicht mehr, wovor ich mehr Angst hab. Könnt ihr mir folgen? Ich erklär's euch mal mit Hilfe vom Fahrradfahren. Wenn du im Tal startest, geht es nur bergauf – das ist der mühsame Teil. Wenn du oben stehst, hast du es geschafft, kannst die Aussicht genießen, wieder durchatmen. Die Abfahrt geht schnell und mühelos, könntest du voll genießen. Wenn, ja wenn du nicht schon jetzt dran denken würdest, dass es vom tiefsten Punkt aus garantiert wieder bergauf geht. So gesehen denk ich schon mal intensiv über den Kauf eines E-Bikes nach. Noch lieber wär mir allerdings so eine Art ‚mentales E-Bike‘, das mich nach Schicksalsschlägen und

Niederlagen wieder nach vorne bringt, rauf auf den Berg.

Habt ihr von dem Mann gehört, der jeden Tag das Haus verlässt mit einer Hand voll Kaffeebohnen in der linken Jackentasche. Immer, wenn er sich über irgendwas freut, wandert eine Kaffeebohne in die rechte Jackentasche. Er schwört, dass noch nie ein Tag vergangen ist, an dem die rechte Jackentasche leer geblieben ist. Und was, bitte schön, soll das bringen? Na ja, am Ende des Tages sind die schönen Momente nicht verloren gegangen, sie sind regelrecht greifbar. Der Mann hat sich den ganzen Tag über auf die Überraschungen konzentriert, die ihn glücklich gemacht haben. Die Niederlagen, die bitteren Schläge sind nicht verschwunden, aber sie haben ein Gegengewicht bekommen. Da haben wir doch unser ‚mentales E-Bike'. Ach, das ist euch zu schwach, ihr seid nicht so der Kaffeebohnentyp? Wie wär's dann mit Musik, Bäume umarmen oder 'ner Tafel Schokolade? Fotoalben anschauen oder in der Fotogalerie des Handys stöbern, kann ich auch empfehlen, Geburtstage, Hochzeiten, Taufen, Siegerehrung im Sport, schon schwappt eine Welle schöner Erinnerungen heran. Dann kann es passieren, dass du spontan alte Freunde anrufen willst, um zu quatschen oder du fährst endlich wieder mal bei Tante Hilde vorbei, um zu sehen wie es ihr grad geht. Na, die freut sich wie Schnitzel, dich zu sehen, ihr ist so langweilig, seit ihre Mädels ausgezogen sind. Das leere Nest hat sie richtig runtergezogen, aber jetzt bist du ja da.

Also mathematisch gesehen ist das schräg, aber könnte es sein, dass aus zwei Menschen am Tiefpunkt ein Höhepunkt entsteht?

Die Geschichte vom Zappel-Philipp

Ob der Philipp heute still
Wohl bei Tische sitzen will?

Aha, der alltägliche Wahnsinn mit dem Philipp.
Die Eltern kennen das also schon. Philipp, bist du
ein ADHS Kind, immer in Bewegung? Warum bist
du nicht in Behandlung? Anscheinend fürchten
sich die Eltern schon vor den Mahlzeiten, weil es
jedes Mal Theater gibt. Und die gibt's dann auch,
so als self fulfilling prophecy.

Also sprach in ernstem Ton
Der Papa zu seinem Sohn,
Und die Mutter blickte stumm
Auf dem ganzen Tisch herum.

So so, in ernstem Ton, wie immer? Mehr fällt ihm
nicht dazu ein? Er könnte es mal mit der freundl-
ichen Variante probieren. Zuckerbrot ohne
Peitsche. Eine stumme Mutter? Hat sie aufgegeben? Darf sie nicht reden, weil Erziehung
Sache des Vaters ist? Will sie nix sagen, weil es eh
nix nützt? Ist es ein Machtkampf zwischen Vater
und Sohn?

Doch der Philipp hörte nicht
Was zu ihm der Vater spricht.

Philipp hat also auf Durchzug gestellt. Wie alt ist er eigentlich? Kindliche Trotzphase oder hormoneller Wirbelsturm eines Pubertierenden? Nicht still sitzen ist sein stiller Protest gegen Nörgler, sein Ass im Ärmel. Ein Pubertier treibt den Vater zur Weißglut.

Er gaukelt und schaukelt,
er trappelt und zappelt
auf dem Stuhle hin und her.

Vielleicht darf dieses arme Kind nicht nach draußen zum Spielen und Toben? Ist er motorisch nicht ausgelastet? Dann wär's kein Wunder, dass er jede Gelegenheit nutzt. Oder er hat einen kurzen Blick auf die Schüsseln geworfen. Ne, nicht schon wieder schlabberigen Spinat und wässrige, kaugummiartige Weißwürste. Ok, Philipp, dir ist der Appetit vergangen. Flucht, ist das der Plan?

Philipp, das missfällt mir sehr!

Na, das ist ja mal 'ne Ansage! Genau das wolltest du doch Philipp, oder. Mehr fällt dem Alten dazu nämlich nicht ein, das war ja klar. Dann wollen wir ihn doch ein bisschen mehr auf die Palme bringen. Oder vielleicht fällt Mama doch noch was dazu ein. Mit der Drohung, ihn ohne Essen auf sein Zimmer zu schicken, könnte er sich die Sache noch mal überlegen.

Seht, ihr lieben Kinder, seht,
Wie's dem Philipp weiter geht.
Seht, er schaukelt gar zu wild,
bis der Stuhl nach hinten fällt;
Da ist nichts mehr, was ihn hält.

Also ehrlich, Philipp, war das Absicht oder Blödheit? An deinem Brummschädel bist du jetzt selber schuld. Glaub bloß nicht, dass irgendwer Mitleid mit dir hat. Die lieben Kinder, die deiner Geschichte folgen, schon gar nicht.

Nach dem Tischtuch greift er, schreit.
Doch was hilft's? Zu gleicher Zeit
Fallen Teller, Flasch und Brot.

Was für ein Wahnsinns-Auftritt. Das war's dann mit dem Essen. Bin nur nicht sicher, ob das dein Plan war. Riskierst du jetzt vielleicht ein Tracht Prügel? War es das wert?

Vater ist in großer Not,
und die Mutter blicket stumm
auf dem ganzen Tisch herum.

In was für einer Not denn? Weil er dich absolut nicht im Griff hat? Weil er Kohldampf hat und das Essen futsch ist? Und schon wieder die Mutter, diese Trantüte. Verdammt, warum sagt die nicht endlich mal auch was dazu? Was soll denn noch passieren, bis die den Mund aufmacht? „Philipp, du räumst sofort diese Schweinerei weg! Danach gehst du ohne Abendbrot auf dein Zimmer!" Das wär jetzt auch nicht mega originell, aber mal ein Anfang. Was ist bloß mit dieser Frau los?

Nun ist Philipp ganz versteckt,
und der Tisch ist abgedeckt,
was der Vater essen wollt,
unten auf der Erde rollt.

Abgedeckt würd ich das nicht nennen. Philipp liegt am Boden, über ihm die Tischdecke, Scherben und Essen am Boden verstreut. Bleib erst mal versteckt unter der Tischdecke, Philipp, und denk dir eine gute Entschuldigung aus. Aber jetzt kommt der Knaller. Versteh ich das richtig, das Essen war nur für den Vater gedacht? Von der Mutter ist nämlich keine Rede! Ach so ist das, reden darf sie nicht und essen darf sie auch nicht? Jetzt tut sie mir nur noch leid. „Lass dir doch nicht alles gefallen!" würde ich ihr am liebsten zurufen.

Suppe, Brot und alles Bissen,
alles ist herabgerissen,
Suppenschüssel ist entzwei
Und die Eltern stehn dabei.

Los jetzt, vom Rumstehen kriegt ihr die Bude nicht gereinigt. Wer macht jetzt was? In dieser Familie redet keiner, die Mutter gar nicht, dem

Vater missfällt was, aber das war's auch schon. Philipp, ich frag mal beim Jugendamt nach, die sollen dich da rausholen. Du bist ein vernachlässigtes Kind.

Beide sind gar zornig sehr
Haben nichts zu essen mehr.

Ich glaub das nicht. In der Küche wird doch noch was Essbares zu finden sein. Ihr werdet schon nicht verhungern. Kümmert euch mal um euer Kind. Was stimmt mit dem nicht? Hat er sich weh getan?

Ach so, dafür müsstet ihr anfangen miteinander zu reden.

Kreislauf

Monotonie tötet den Verstand. Dein Kreislauf kommt nicht in Schwung, wenn du nur am Schreibtisch sitzt.

Gilt das auch für das Sitzen am Sofa? Wenn man dabei ein spannendes Handballspiel anschaut? Mein Kopf ist jedenfalls hellwach, mein Kreislauf läuft auf Hochtouren. Beim Handball fallen die Tore im Minutentakt, das ist alles andere als monoton. Bin nicht der Superexperte bei dieser Sportart, aber mir fällt auf, dass es auf den Kreisläufer ankommt. In der Pause schnell mal Mr. Google fragen. Der sagt: „Der Kreisläufer agiert im Zentrum der Angriffszone, innerhalb der gegnerischen Abwehr. Er verschafft den Rück-raumspielern Lücken im gegnerischen Abwehr-verband." Heißt im Klartext, der Kreisläufer wuselt inmitten der gegnerischen Abwehrspieler. Mit dem Rücken zum gegnerischen Tor. Er hat also das Ziel gar nicht vor Augen. Wie verrückt ist das denn? Drehung und werfen oder Lücke aufmachen, damit ein Mitspieler werfen kann? Entscheidung innerhalb von Sekunden!

Mir geht ein Licht auf, jeder ist in seinem Leben ein Kreisläufer.

Es geht ruppig zu um dich herum, aber du musst trotzdem blitzschnell Entscheidungen treffen.

Mach es selber, aber lass andere ran, wenn sie in der besseren Position sind.

Du hast ein Team um dich herum, aber die verlassen sich darauf, dass du deine Position ausfüllst.

Als Handballer bist du unabhängig vom Kreislauf der Jahreszeiten.

Als Frau bist du das definitiv nicht, für jede Jahreszeit brauchst du die passenden Klamotten und Schuhe. Mein Mann sieht das so: Ein Frauenkleiderschrank ist ein ewig während Kreislauf aus Klamotten aussortieren und kaufen, ohne dazwischen jemals etwas Passendes zum Anziehen zu haben. Ja, ja, sagt jemand der anzieht, was er gestern ausgezogen hat. Und das solange, bis ihm seine bessere Hälfte was Neues rauslegt. Aber darüber brauchst du mit ihm nicht zu diskutieren, da drehen wir uns nämlich nur im Kreis. Die ewig gleichen Argumente, ohne den anderen zu überzeugen. Und sobald du merkst, dass du dich im Kreis drehst, ist es Zeit aus der

Reihe zu tanzen. Du verbringst den ganzen Nachmittag damit Fotos rauszusuchen, 10 bis 15 Jahre alt. Darauf steckst du in Klamotten, die du immer noch besitzt. Wenn das kein Beweis ist, dass du nicht gnadenlos aussortierst! Und – ganz nebenbei bemerkt – du passt auch immer noch rein.

Natürlich kannst du immer im Kreis herumlaufen, obwohl das keinen rechten Sinn macht. Ein Sitzkreis dagegen bietet viele Möglichkeiten. Ein Kindergartentag fängt zum Beispiel immer mit einem Sitzkreis an, weil sich alle Kinder dabei anschauen können. Es kehrt Ruhe ein, der Tagesablauf wird besprochen, damit dann alles rund läuft. Du kennst ihn vielleicht auch vom Seniorenturnen, wo alle im Kreis herum sitzen. Rennen und hüpfen geht nicht mehr, Arme, Schultern und Beine trainieren schon. Auch für dienstliche Besprechungen wird gerne der kreisrunde Tisch gewählt. Da gibt es keinen Chefplatz, kein Gerangel um die besten Plätze. Schau dir den Besprechungstisch an und du weißt, ob das Unternehmen eher hierarchisch strukturiert ist oder flache Hierarchien bevorzugt.

Die Familie ist ein ganz besonderer Kreis, wer dazugehört hat die uneingeschränkte Unterstützung und Aufmerksamkeit der Mitglieder. Er ist besonders flexibel, erweitert sich ständig um neue Generationen oder lässt Mitglieder ziehen, ohne sie loszulassen. Wie jeder Kreis braucht der Familienkreis einen Mittelpunkt. Der hält – wie ein Magnet – alle zusammen. Oma Lissi ist so ein Magnet, egal ob zu ihrem Geburtstag, zum Muttertag oder zu Weihnachten, rücken sie alle an, klein und groß, von nah und fern. Diese Termine sind Pflicht und Vergnügen, da müsstest du schon den Kopf unterm Arm tragen um abzusagen. Sie singt ihre Liedchen, kneift die Kleinsten in die Backen und erzählt von früher. Ja, es sind immer die gleichen Geschichten, wir kennen sie schon in- und auswendig, aber Oma Lissi erweckt sie immer wieder zum Leben. Die Urenkelin staunt, dass man Kuhschwänze auswaschen muss, ihr Bruder fragt, ob es das alte Motorrad mit Beiwagen noch gibt. Die Enkelgeneration will unbedingt Omas Rezept für ihren Mohnkuchen haben, aber damit kann Oma Lissi nicht dienen, sie macht das alles nach Gefühl, schade eigentlich. Ihre Kinder passen auf, dass Oma nicht klammheimlich an den Eierlikör geht, sie hat schließlich Diabetes. Aber ansonsten ist sie fit wie ein Turnschuh, zum Abschluss der Familienfeste will sie noch ein Tänzchen wagen, da muss der Schwiegersohn ran. Sie hört nicht auf mit dem Walzer bis ihr schwindlig wird, erst dann legt sie mal kurz die Füße hoch. Hochzufrieden schaut sie dann in die Runde, es hat wieder geklappt. Sie hat die Familienbande wieder festgezurrt, so gefällt ihr das. Nach ihrem Tod, so hat sie es bestimmt, wird ihre Tochter das Zepter übernehmen. Dann soll sie in die Mitte rücken, den Kreis zusammenhalten. Und bevor sich alle verabschieden, müssen sie Oma Lissi in die Hand versprechen, dass die Tradition weitergelebt wird.

Und damit schließt sich mein Kreis.

Geschenke

Das Berührendste, was ich jemals über Geschenke gelesen habe, steckt in einer amerikanischen Kurzgeschichte. Della und Jim, ein junges Ehepaar mit sehr kleinem Budget, macht sich Gedanken über ein Weihnachtsgeschenk für den Partner. Della, die so stolz auf ihr langes, glänzendes Haar ist, lässt sich ihr Haar abschneiden, verkauft es, um ihrem Jim eine goldene Uhrkette für seine goldene Taschenuhr zu kaufen. Während Jim zur gleichen Zeit seine goldene Taschenuhr verkauft, um wundervoll verzierte Haarkämmchen für das lange Haar seiner Frau kaufen zu können.

Dumm gelaufen, möchte man meinen. Aber ist es nicht so, dass beide bereit sind etwas herzugeben, was für sie sehr wertvoll ist, um für den anderen das bestmögliche Geschenk zu haben? Genau darin liegt der Wert des Geschenks, so nutzlos es in dem Moment zu sein scheint. Aber wie man sieht haben Überraschungsgeschenke so ihre Tücken, sie können den größtmöglichen Effekt haben oder fürchterlich in die Hose gehen. Männer, die ihren Frauen außer der Reihe, überraschenderweise einen Blumenstrauß mitbringen, stoßen reihenweise auf allergrößtes Misstrauen. ‚Hat er etwas gutzumachen?' denkt die

Frau, alarmiert statt hocherfreut. Auch schon mal erlebt, liebe Männer? Das war dann wirklich der letzte Strauß, den er aus einer Laune heraus mitgebracht hat, liebe Frauen. Was für ein Dilemma!

Dabei heißt es doch immer ,Kleine Geschenke erhalten die Freundschaft', was so viel bedeutet wie, man kann sie unbesorgt annehmen und sich darüber freuen. Da hab ich von meiner Cousine gelernt, immer, wenn sie das Gefühl hat, ich könnte eine kleine Aufmunterung brauchen, schickt sie mir ein kleines Päckchen, ohne Vorwarnung, einfach so. Zaubert mir sofort ein Lächeln ins Gesicht, da hat jemand an dich gedacht. Wenn mir mein Garten Basilikum in Hülle und Fülle schenkt, verschenk ich Basilikumpesto an meine Nachbarin, die gerade ihren Mann verloren hat. Eigentlich, um ihr ein Lächeln zu schenken, auch wenn ich gar nicht weiß, ob sie Pesto gerne mag. Aber sie wird verstehen, worum es geht.

Habt ihr schon mal von ,Ach, des hätt's doch net gebraucht'-Geschenken gehört? Da hast du während der Urlaubszeit bei den Nachbarn die Blumen gegossen, nach einer Viertelstunde ist das erledigt, keine große Sache. Du hast dir noch nicht mal dabei überlegt, dass du ihre Hilfe dann vielleicht auch mal in Anspruch nehmen kannst. Du hast dich eigentlich nur gefreut, dass sie so viel Vertrauen zu dir haben dir den Wohnungsschlüssel zu überlassen. Kaum sind die Nachbarn wieder zu Hause, kreuzt die Nachbarin mit einer Flasche Sekt bei dir auf, um sich bei dir zu bedanken. Und du sagst reflexartig: „Ach, des hätt's doch net gebraucht! Ne, natürlich hätt's des net gebraucht, aber mal ehrlich: Was hättest du gedacht, wenn sie sich nicht bei dir bedankt hätten. Warum sagst du nicht stattdessen „Wie nett, lasst uns doch gleich ein Gläschen zusammen trinken und ihr erzählt von eurem Urlaub?" Was ich damit sagen will, ist, dass du ein nettes Danke schon annehmen kannst, wie es gemeint ist.

Mit Geschenken im beruflichen Umfeld läuft der Hase dagegen ein bisschen anders, auf diesem Minenfeld ist Vorsicht geboten. Eine Flasche Sekt hier, eine Einladung zu einem Geschäftsessen in einem Nobelrestaurant da, eine Einladung zu einem Wochenende in einem Wellness Hotel – frag dich mal besser rechtzeitig: „Was läuft denn da?" „So werden halt Geschäfte gemacht", sagen die einen, „das riecht verdächtig nach Bestechung", sagen die anderen. Wo fängt das an, wo hört das auf, bin ich womöglich schon mittendrin? Für die Diener des Staates ist das ganz eindeutig geregelt, die dürfen null, nada, nix annehmen, keinen Blumenstrauß, keine Flasche Wein, keine Biermarken für die örtliche Kirchweih. Dadurch ist sichergestellt, dass es keinerlei Gegenleistung, keine Extrawurst gibt. Fühlt sich für mich ok an, kein Backschisch nötig.

Geschenketage wie Geburtstage und Weihnachten fordern uns einiges ab. Soll ich mich beim Schenken am Geschmack des Beschenkten orientieren und damit auf Nummer sicher gehen? Oder soll mein Geschenk neue Anregungen bringen, das ist einerseits mutig, aber auch riskant. Was um Himmels Willen schenkst du jemandem, der schon alles hat? Gibt's auch Geschenke, die kein Geld kosten? Allein schon der Gedanke an die Geschenksuche innerhalb der Familie macht manche so kirre, dass sie in den ‚Ab jetzt-schenken-wir-uns-nichts-mehr'-Modus übergegangen sind. Ehrlich, ich find, das ist armselig, ein Offenbarungseid, wenn einem zu Nahestehenden gar nichts mehr einfällt – oder nur noch Gutscheine hin und hergeschoben werden. Zugegeben, hab ich auch schon gemacht, aber nur sehr widerwillig. Klar, man kann schon mal meilenweit daneben liegen mit seinem Geschenk. Meine Freundin rief schon mal an Heiligabend spät nachts an, hat sich extrem wütend angehört. „Du wirst nicht glauben, was mir mein Mann geschenkt hat, einen Satz Töpfe! Und er versteht immer noch nicht, warum ich ihm die am liebsten einzeln an den Kopf geknallt hätte!" Ich könnte euch das jetzt lang und breit erklären, liebe Männer, aber das würde zu weit führen. Nur mal so als Tipp: Bügeleisen, Töpfe oder Kochbücher kommen gar nicht an, es sei denn, es handelt sich um einen ausdrücklichen Wunsch. Meine Freunde sind von Überraschungsgeschenken abgekommen, jeder zieht jetzt selbst los und kauft exakt das Geschenk, das er/sie haben wollte. Sogar eingepackt hat jeder sein eigenes Geschenk. Da lag dann glatt eines unter dem Baum mit einem Aufkleber ‚von Hermann für Hermann', na ja, soweit muss es nun auch wieder nicht kommen. Meine Freundin dagegen hat gar kein Päckchen gefunden, ihr Mann konnte sich beim besten Willen nicht erinnern, wo er es aufbewahrt hatte. Echt jetzt, so was kann man sich nicht ausdenken, genauso ist es passiert und wir lachen heute noch drüber.

Ratlos? Noch ratloser als zuvor? Na dann schreibt doch mal eine Geschichte für jemanden, hab ich doch für euch auch gemacht!

An alle Naschkatzen

Übersetzt bedeutet das Fachchinesisch, dass in unserem Gehirn ein Belohnungszentrum sitzt, das immer dann anschlägt, wenn wir Süßkram essen. Es fordert wie von der Tarantel gestochen sofort mehr, mehr, mehr davon, als ob ab dem Moment alle Bremsen gelockert sind, alle Bedenken hinweggefegt, alle guten Vorsätze beim Teufel.

Wer glaubt, dass nur Kinder süchtig nach der süßen Nascherei sind, der lügt sich in die eigene Tasche. Ich kenne jede Menge Erwachsene, die mir erzählen, dass sie eine Tafel Schokolade aufgemacht haben und nach einer knappen halben Stunde erstaunt festgestellt haben, dass kein Krümelchen davon übrig geblieben ist. Sie können überhaupt nicht erklären, wie das zugegangen sein soll, einfach so nebenbei hineingespachtelt. Die meisten plagt dann ein schrecklich schlechtes Gewissen und die Sorge, dass die Kalorien den direkten Weg auf die Hüften nehmen – darum heißt das Zeug in eingeweihten Kreisen auch Hüftgold. Ganz abgesehen davon, soll es ja auch extrem ungesund sein, nicht nur für die Zähne. Wie gemein ist das denn, alles was Spaß macht ist verboten, macht dick oder schickt sich nicht.

Also lasst uns auf die Suche nach wirkungsvollen Strategien gehen, die uns Schleckermäulchen auf den gesunden Weg zurückbringen. Als ich noch ein Kind war, hatte meine Mama ihre ganz eigene Lösung: einmal pro Woche haben wir gemeinsam einen Wochenvorrat für uns drei eingekauft, den wir zu Hause gerecht aufgeteilt haben. Jeder von uns musste mit seiner Ration eine Woche auskommen, das war die eiserne Regel. Papa konnte sich seinen Teil immer sehr gut einteilen, er hat jeden Tag ein Stück hervorgekramt und genüsslich verspeist. Mama und ich hatten lange Zeit keine Ahnung, wo er seinen Anteil versteckt hat, bis er eines Tages behauptet hat, jemand wäre an seinen Süßigkeiten gewesen und hätte sich was abgezwackt. Also ich war's nicht, und Mama hat steif und fest behauptet, dass Papa sich irren müsse. Erst viele Jahre später hat sie zugegeben, dass sie sich tatsächlich was von Papa stibitzt hatte. Weil noch so viel übrig war, konnte sie einfach nicht widerstehen. Ich konnte es kaum glauben, Mama hat tatsächlich stibitzt und geschwindelt. Eltern sind auch nur Menschen, das wurde mir schlagartig klar. Aber die Erinnerung an unsere Wocheneinkäufe im Süßwarenladen ist ungebrochen, sogar der Geruch in dem Geschäft ist noch präsent und ich könnte mit geschlossenen Augen dorthin finden.

Eine meiner Freundinnen wurde ins Schlaraffenland geboren, bei ihrer Familie stand immer eine große Schüssel mit verschiedenen Leckereien am Tisch. Jeder durfte sich jederzeit bedienen, wenn sie drohte leer zu werden, wurde sie eben wieder aufgefüllt. Die Familie war weder dick und fett, noch waren sie Stammgast beim Zahnarzt – ich konnte mir das einfach nicht erklären. Das hat dann ihr großer Bruder übernommen. Die Idee dahinter, so hab ich das verstanden, war, dass jeder immer besonders scharf auf das ist, was knapp und verboten ist. Wenn es genug davon gibt und erlaubt ist, dann ist es nur noch halb so interessant. Hört sich theoretisch gut an, aber ich hab große Zweifel, dass es in der Praxis funktioniert.

Bei meinen eigenen Kindern hab ich es mit einem Ritual probiert, eine Kleinigkeit nach dem Mittagessen, aber auch das ist nicht des Rätsels Lösung. Zu viele Ausnahmen, bei Geburtstagen, wenn Oma und Opa vorbeischauen oder wir sie besuchen, Bonbons überreicht von Geschäftsleuten, regionale Feste, haben unser Ritual durchlöchert wie einen Schweizer Käse. Dazu kamen noch ständige Diskussionen um Fragen wie der, ob ein Eis, ein Pudding oder Pfannkuchen zu den Süßigkeiten gehören. Was ist mit Honig, Marmelade oder Nutella? Himmel nochmal, da kommst du dir vor wie die Gesundheitspolizei! Also geordneter Rückzug ist angesagt – alles geht, aber mit Maßen. Und bei den ‚Maßen' bin ich maximal flexibel geworden. Im Gegenzug hab ich vermehrt auf sportliche Aktivitäten geachtet, sowohl bei den Kleinen als auch bei den Großen: Die rein gefutterten Kalorien wieder zu verbrauchen. Kinder setzen die Idee mühelos in die Tat um. Eigentlich waren und sind sie ständig in Bewegung, rennen, wo sich Erwachsene gemächlich bewegen, klettern, hüpfen, balancieren, treiben Sport in der Schule und im Verein. Also kein Grund sich Sorgen um gelegentlich erhöhte Kalorienzufuhr zu machen.

Erwachsene dagegen quält ein weiteres Teufelchen, genannt ‚innerer Schweinehund'. Er flüstert uns immer dann ins Ohr, wenn wir den Gedanken an Sport in Erwägung ziehen. ‚Zu kalt oder viel zu heiß heute, schon genug Stress gehabt den ganzen Tag, das Regenradar hat Gewitter gemeldet, die Sportklamotten sind grad in der Wäsche, ein Anruf bei Freunden müsste mal wieder sein' etc. – so ein Schweinehund zieht wirklich alle Register. Und wir sind ihm gnadenlos ausgeliefert, also doch lieber

Couchsurfing mit einem Bierchen. Wie man ihn überlisten kann? Gute Nachricht, es ist mir schon gelungen, indem ich Sport in der Gruppe gemacht hab. Die warten dann auf dich oder fragen beim nächsten Mal nach, warum du gefehlt hast. Ausreden lassen sie nicht gelten. Leider treffen sich die Mitstreiter danach gern auf ein Bierchen, gemütlich, aber nicht effektiv! Mit einem anderen Versuch bin ich etwas weiter gekommen: Sport alleine im Fitness Studio, jeden Tag zur gleichen Zeit. Gar nicht mehr überlegen, sondern loslegen, bevor sich der innere Schweinehund melden kann. Hat gut geklappt, aber dann kam Corona – Fitness Studios geschlossen. Da kann mein innerer Schweinehund nun wirklich nichts dafür, ich war gewissermaßen ausgebremst worden. Dafür mehr Zeit für Frauenzeitschriften, die haben eine ganze Menge zum Thema Kalorien, Diäten und Schönheit zu schreiben. Ironischerweise finden sich in direkter Nachbarschaft zu den Anleitungen zu Diäten die leckersten Kuchenrezepte mit Titeln wie ‚Käsekuchen frisch aus dem Paradies‘ und ausführliche Kritiken eines neuen, angesagten Sternerestaurants. Ja hallo, geht's noch, was denn nun? Der eine Artikel versichert dir, dass jeder Körper schön ist und drei Seiten weiter findest du eine Auswahl von wunderschönen Kleidern präsentiert von gertenschlanken Modells – aha, halt für jede Leserin etwas, such' dir was aus!

Jetzt hast du den ganzen Artikel gelesen, du Naschkatze, aber einen einfachen Weg hast du nicht gefunden. Weil es keinen gibt? Weil du schon selbst einen gefunden hast? Dann lass mich es wissen, ich wollte schon immer wissen, wie die anderen das machen.

Wenn nicht, bleibt mir nur der Seufzer ,Zahnärzte wollen auch leben!'

Guys with a sweet tooth

Scientists suspect there might be a place in our brains which is responsible for our addiction to everything sweet. It claims more, more and more of it, as if all our stop signals have been swept away, all your principles have been crushed.

Make no mistake, this doesn't only happen to children. I know a whole lot of adults who tell me they started with a bar of chocolate, just to find out there is not a bit left after half an hour. They find it hard to explain what happened, eaten off along the way. Most of them feel terribly guilty, they suspect the calories might race directly down to their hips. Apart from that it is said to be extremely unhealthy, not only for your teeth. How mean is that, whatever is fun is forbidden, puts on weight or is indecent.

So let's look for effective strategies to bring us back to a healthy path. When I was a child my mum had her own special way: once a week we bought the weekly supply for the three of us, each of us got a fair share of it. We had to get along with it, this was the idea behind it. No problem for dad, just one piece a day to be enjoyed with delight. Mum and I could only guess where he kept his share, but one day he claimed somebody had detected the place and helped him-/herself to some of it. It wasn't me, honestly, and mum swore dad must be wrong with his suspicion. Only many years later she admitted that in fact she had helped herself to some sweets, because so much was still waiting to be chosen from, she simply couldn't keep her hands off. Hard to believe that it had been Mum, like a pickpocket and a liar. But I do still remember our weekly shopping tours to the candy shop, I can even remember the smell of it and I could find my way to the shop blindfolded.

One of my girl friends used to live in paradise, a big bowl full of sweets was always put in the middle of the table for everyone to pick whatever and whenever. No danger to find it empty, her mum took care to refill it. Surprise, surprise, none of the family was overweight, they didn't give the dentist a hard time – no idea why. It was her brother who gave me the clue: People desire most, what they are shut off from. If there's always a surplus, and if you're welcome to enjoy something, you'll lose interest in it. On the one hand I like this idea very much, but on the other hand I've got doubts that it works that way.

With my own kids I established a certain ritual, a little sweet something after lunch, however, that didn't work perfectly. Too many exceptions, birthdays, when grandpa and grandma come around or we go and see them, sweets to please kids while you are shopping, regional festivals have destroyed our ritual. How can I stop endless discussions about icecream, pudding or pancakes are included in our deal. And what about honey, jam or Nutella? For heaven's sake, it makes you feel like the 'health police'! So we end up with numerous compromises, let's discuss the quantity, but without an absolute 'no'. To be honest, I even became tired about all those discussions. In return I insist on a certain amount of fitness activities for kids and adults – to burn all those calories we stuffed in, no problem with the kids. They enjoy activities, tend to running where grown ups prefer walking, they climb trees, jump, balance, do sports at school or as members of sports clubs. So no reason to worry about some extra calories every now and then.

Adults, however, are bothered by the little devil. He whispers into their ears whenever they are about to start sportive activities. 'too cold or too hot today, enough trouble all day long, thunderstorm announced by the weather forecast, sports clothes dirty, waiting for the washing machine, friends waiting for a call' – the devil's arguments to persuade you to stay home. We can't resist, in the end we find ourselves couchsurfing with a drink. But I've got good news for you, why don't you join a sports group, they'll wait for you to come, if you skip they'll ask for a reason for your absence next time. No excuse accepted. Unfortunately my group tended to settle down for an 'after sports beer' regularly, which doesn't seem to be too effective. My next attempt was more successful, sports on my own in a fitness centre, every day, same time. No second thoughts, just go ahead before the little devil shows up. Worked out well, but corona put an end to the routine. Fitness centres closed down. Instead I had more time for women's magazines, with very good advice concerning calories, diets and beauty. Ironically, together with recipes for delicious cakes and articles about high class restaurants opening recently. So what? You're told that all sorts of bodies are beautiful whereas all the dresses are presented by slim-slim models – now, it's up to you to make up your mind.

I'm sorry to disappoint you, there is no simple way out of this habit, sweet tooth. There is none. Have you found your way already? If you did, please let me know, I've always wanted to be supported by others. If you didn't

Remember 'Dentists need make ends meet as well'